LE TRIOMPHE

DE L'AMOVR DIVIN

DE

SAINTE REINE,

VIERGE ET MARTYRE,

Tragedie en Machines.

DEDIE'E A LA REINE.

Par ALEXANDRE LE GRAND, Sieur
d'Argycour, Dreudé.

*Imprimées aux despens de l'Autheur, & se ven-
dent pour luy.*

A PARIS,

Chez CHARLES GORRENT, au Parvis de
Nostre-Dame.
Et chez IEAN GOBERT, à l'Image Saint
Ioseph, sur le Quay des Augustins.

M. DC. LXXI.

Avec Privilege du Roy.

A
LA REINE.

ADAME,

Apres avoir salué VOSTRE
MAIESTÉ, *avec toutes sortes*
de tres-humbles respects, je la sup-

ã ij

EPISTRE.

plieray d'excuser la hardieße que
ie prends de luy presenter vne
Reine, qui pour ses admirables
qualités, ne devroit avoir du
moins qu'un Ange pour son Es-
cuyer ; car ie ne sçaurois mieux
m'aquitter de mon devoir, qu'en
mettant une si sainte Reine entre
les mains d'une Reine, non seulement la plus illustre, la plus grande, la plus puißante, la plus glorieuse, & la plus heureuse du monde, mais aussi la plus pieuse, la
plus devote, & en un mot la plus
accomplie en toutes sortes de vertus qui soit dans l'Vnivers. Oüy,
MADAME, j'ose me flatter,
que vous excuserez mon audace,
s'il plaist à VOSTRE MAIESTE',

de considerer, que ie ne pouvois mieux faire pour vous témoigner mes tres-humbles respects, ny vous rendant mes hommages vous presenter rien de plus agreable, que parfait image d'un Amour Divin, qui triomphe de la tyrannie du monde & de toutes ses vanités; car VOSTRE MAIESTE' y connoistra comme dans un miroir toutes ces divines perfections, qui vous rendent admirable; & puisque les arbres mesme ont témoigné quelque sensibilité à son occasion, & se sont ouverts pour servir d'Azile à cette Reine persecutée; il me semble de-ja que vostre cœur Royal, enflammé d'un pareil amour,

EPISTRE.

& plein d'une semblable tendref-
fe s'eſpanoüit d'une ſainte joye à
l'aſpect charmant de cette meſme
Reine triomphante, & que Vos-
TRE MAIESTE' ravie d'ai-
ſe de la voir, luy fait l'honneur
de la recevoir comme une Sœur,
qu'elle place dedans ſon cabinet,
pour s'entretenir avec elle de toutes les merveilles de ſa vie, &
des ſouffrances étonnantes de ſon
glorieux Martyre. Je ſuis entie-
rement perſuadé que VOSTRE
MAIESTE' admirera avec plai-
ſir la force d'eſprit, & la gene-
roſité de cette jeune Heroïnes,
lors qu'elle reſiſte à la violence de
ſes parens inhumains, & quelle

combat vaillamment l'amour d'un espoux pretendu, & la brutalité d'un Tyran, lequel est en mesme temps plein de fureur & de rage, d'amour & de despit pour elle, & qu'elle triomphe enfin à la veuë de ses ennemis confus, & remplis d'étonnement de se voir vaincus par sa constance; & que les Anges portant ses trophées glorieux, & chantant ses loüanges l'enlevent dans le Ciel, pour y regner eternellement avec son divin Espoux, qui est ce vray Dieu d'Amour, que VOSTRE MAIESTE' adore continuellement dans son cœur, & dans son ame, & si souvent en public pour donner un

ã iiij

exemple digne d'une veritable
Reine à tout son peuple, comme
fit nostre glorieuse Vierge &
Martyre, causant la conversion de
plusieurs cœurs endurcis, leur
communiquant cét Amour Divin
dont elle estoit enflammée : Vos-
TRE MAIESTE' imitant
dont parfaitement bien le zelle
de cette grande Sainte, ainsi que
le Soleil communique sa lumiere
à tous les astres & flambeaux ce-
lestes, faisant éclater cette haute
& profonde devotion qu'elle a
pour son Createur, illumine tous
ses suiets, & les enflammant du
feu divin dont son cœur Royal est
tout ardant, elle les excitent

fortement à la suivre dans cette
voye Sacrée des Vertus qui la
feront triompher dans l'Eternité,
regnant doublement sur ces bien-
heureux suiets, à sçavoir dans
ce monde, & dans l'autre, où
i'espere avec la grace de Dieu,
de vous voir d'autant plus ele-
vée dans la gloire, qu'il a pleu
à celuy qui dispose de tout, de
vous avoir élevée en superiorité
sur nous dans cette vie, pour
nous faire ioüir des douceurs d'un
heureux regne. Ce qui me fait
croire qu'il ne se trouvera point
d'esprit envieux si temeraire qu'il
ose encore persecuter cette Reine
que ie mets sous vostre sauve-

garde & protection, pour luy faire voir le iour sous vos auspices
Royales, demeurant avec toutes
sortes de tres-humbles respects,

MADAME,

DE V. MAIESTE',

Le tres-humble, tres-obeïssant & tres-
obligé serviteur & fidelle sujet,
ALEXANDRE LE GRAND,
Sieur d'Aigycour, Druyde.

EPIGRAMME.

VN Druyde autrefois fufcita tout l'o-
rage,
Qui vint fondre fur Reine, & la mit au
trépas :
Un Druyde aujourd'huy repare ce dommage,
Et nous la fait revoir avec tous ces apas.

Par N. B.

Noms des Personnages.

REINE.

CLEMENT, Pere de Reine.

PROTINE, Sœur de Clement.

ASTHERE, Mary de Protine.

PAVLIAS, Epoux pretendu de Reine.

OLIBRE, Prefet , Amant & Tyran de Reine.

THEOPHYLE, Nourriſſier de Reine & Geolier.

ALICHRYSTE, Nourriſſe de Reine.

ALGERYDE, Confidente & Sœur de lait de Reine.

LES GARDES d'Olibre.

La Scene eſt à Aliſe en Bourgogne.

LE

LE TRIOMPHE
DE L'AMOVR DIVIN DE
SAINTE REINE
VIERGE & MARTYRE.

ACTE I.

SCENE PREMIERE.

REINE, ET ALGERIDE.

REINE.

LGERIDE, il est vray que sans quelques
   miracles
   Ie ne puis échaper & lever tant d'obstables,
Et qu'il me faut resoudre à perir dans les mains
De mes persecuteurs & parants inhumains,
Mais quoy qu'il en arrive, il y a de la gloire
A perir dans l'effort d'une telle victoire,

A

Oüy du moins en mourant, ie pretens triompher
De toutes leurs rigueurs & mesme de l'Enfer,
Enfin dedans l'excez de ma sainte furie
Ie veux servir d'exemple à toute ma patrie,
Et sans me soucier de perir en ces lieux
Affronter le Tyran en méprisant ses Dieux,
Afin de meriter un glorieux Martyre.

ALGERIDE.

Reine, permettez moy toutefois de vous dire
Que nous ne devons pas trop presumer de nous,
Et que j'ay grand sujet d'aprehender pour vous,
Vous n'estes qu'un enfant, & dans un si jeune
  aage
La force est rarement compagne du courage,
Les esprits les plus forts dans l'excez des tour-
  ments
Ont souvent chancelé dedans leurs sentimens,
Et vous qu'on a nourrie avec tant de tendresse
Avecque tant de soin & de delicatesse
Vous, dis je, qui n'avez jamais senty de mal
Vous n'aprehendez rien dedans ce jour fatal,
Et vous vous promettez une telle constance
Que pour vous étonner, il n'est point de puis-
  sance,
Dieu mesme prévoyant toute sa passion
Témoigna d'en avoir de l'aprehension,
Et sembla desirer s'exempter du calice   [ce
Et vous ne craignez point les rigueurs du supli-

REINE.

Toutesfois ce bon Dieu m'a monstré le chemin
Et pour le suivre aussi me pretera la main,
Ie sens dé-ja mon cœur si remply de sa grace
Que pour me faire peur, il n'est point de menace,
Et toute foible, enfin & jeune que ie suis,

I'ay pitié de vous voir ceder à vos ennuis,
Ayez, ayez en Dieu comme moy confiance,
Et ne redoutez plus aucune violence
En souffrant pour mon Dieu, mon Dieu sera pour
   moy,

ALGERYDE.

Ie crains que les tourments n'ébranslent vostre
   foy

REINE.

Si le Ciel est pour nous qui nous sera contraire ?
Et quel tort en un mot peut-on jamais nous faire?
Dieu peut-il pas cháger la rigueur des tourments
En excez de plaisirs & de contentemens,
Comme il fist aux enfans dans l'ardante four-
   naise,
Qui chantoyent dans les feux pour temoigner
   leur aise.

ALGERYDE.

I'allois me fondre en pleurs, mais vous me con-
   solez
Et me gagnez le cœur de l'air que vous parlez.
Ie prie donc le Ciel de vous estre propice
Changeant en cent douceurs le plus cruel suplice:
Car ie ne prevois point d'autre fin pour vos maux;
Cependant ie m'en vais auprés des trois or-
   meaux,   [ste
Comme vous m'avez dit voir la bonne Alichry-
Ou vous me promettez de mé suivre à la piste,
Dieu veille que bien-tost ie vous voye en ce lieu
Car cóme aucun ne sçait que ce soit gens de Dieu,
Et que chacun les croit dedans l'erreur Payenne
Où n'y cherchera pas iamais une Chrestienne,
Et puis vous déguisant sous de simples habits
Et menant paistre aux champs leurs moutons &
   brebis,   A ij

Nous écartant toûjours du grand chemin d'A-
  lyse
Vous pourrez aifément eviter d'eftre prife,
Mais la difficulté d'accomplir ce deffein
Caufe toujours la peur qui me glace le fein,
Car à moins que le Ciel ne faffe un grand mi-
  ràcle   [ftaele,
Ie ne fçay pas comment vous vaincrez cét ob.
Chacun n'attendant plus que mon éloignement
Afin de commencer voftre cruel tourment.
Dé-ja dedans le Temple, un daix tres-magni-
  fique
Pour vous & voftre époux auec grande mufique,
Ne parle que d'Hymen, & de force ou de gré
L'on vous obligera de monter le degré,
Et de prendre l'encent de la main du Druide,
Pour en offrir aux Dieux.

SCENE II.

CLEMENT *entrant.*

HE' bien chere Algeride,
N'avez vous rien gagné fur ce cœur endurcy.
ALGERYDE.
Non, Seigneur, elle n'a plus d'elle aucun foucy,
Et fi vous la traitez encore de la forte,
Ie cróy qu'en peu de temps, vous la trouverez
  morte.
CLEMENT.
Pleuft aux Dieux, que déja j'en fuffe delivré
Ie n'aurois pas l'efprit, & le cœur fi navré.

Car tant qu'elle sera dedans cette manie,
De troubler mon repos par sa maudite vie,
Il vaudroit mieux pour moy que ie ne l'euſſe pas
   (*Algeride ſe retire hauſſant les eſpaules.*)
Hé, bien cruelle, hé bien, dis veux-tu mon treſ-
   pas,
Veux-tu me voir mourir de regret & de rage,
Ou bien faire avec joye un ſi beau mariage,
Car il ne tient qu'à toy de faire mon bon-heür
Ou de m'oſter la vie avecque des honneur,
Imagine-toy donc le peuple juſqu'au Temple,
Qui d'un œil curieux en foule nous contemple,
Quel affront me fais-tu, dans ce mal-heureux
   jour,
Si tu manque pour moy de reſpect & d'amour.
Et ſi par ton refus, & ton maudit caprice
Tu trouble méchament le divin Sacrifice,
Qu'on doit faire pour vous à l'honneur de nos
   Dieux,
Afin de les avoir propices en tous lieux:
Mais ce que ie prevois encor de plus terrible,
Et ce qui te devroit du moins rendre ſenſible,
C'eſt que tu m'envelope auſſi dans ton malheur,
En cauſant ma diſgrace aupres de l'Empereur,
Qui pour l'amour de toy comblera ma vieilleſſe
De honte & d'infamie & d'extreme triſteſſe,
Me depoüillant de biens, d'honneurs & dignitez
Pour vanger nos grands Dieux qui ſeront irritez
Par ta pure malice, & deſobeïſſance:
Crime à dire le vray tres-digne de vengeanſe,
Et qui ſera ſans doute executée en toy
Et mal-heureuſement peut-eſtre deſſus moy,
Veux-tu donc mon treſpas, dis cruelle vipere,
Veux-tu ſi méchament faire mourir ton pere,

Mais helas ! tu le veux combler de tel malheur
Qu'il meure avecque toy dedans le des-honneur,
Que les mains des boureaux pour punir ton of-
     fence
Prennent deſſus ſon corps injuſtemét vengeance,
Car ce grand Decius, noſtre Auguſte Empereur,
En me croyant atteint de ta maudite erreur,
Ouy, tout plein de fureur me croyant ton com-
     plice,
Pourra ſans mécouter m'envoyer au ſuplice,
Pour me faire ſouffrir mille tourmens nouveaux,
Ha ! me veux tu cauſer un tel excez de maux ?
Moy, que tout le pays, oüy toute la Province
Reconnoiſt pour ton pere & legitime Prince,
Me faudra t'il perir avec tel des-honneur,
Par toy qui peut cauſer ſi tu veux mon bon heur,
T'acquitant envers moy de ton obeïſſance,
Contractant aujourd'huy cette illuſtre alliance,
Qui te comble auſſi toſt d'hõneur & de moyens,
Et qui te rend maiſtreſſe enfin de tous mes biens.
Reſous toy donc ma fille, à quiter ces chymeres
Qui nous pourroyent cauſer un excez de miſeres,
Et ne m'oblige point à me mettre en fureur
Pour punir ta manie & ta maudite erreur :
Car ie ne ſouffriray iamais que tu meſpriſe
Le culte de nos Dieux par malice ou ſotiſe.
Ie ne veux plus enfin te laiſſer vivre ainſi,
Ie veux que tu m'honnore, & tu le dois auſſi,
Suis donc mes ſentimens, & ſonge à me com-
     plaire,
Et fais de bonne grace enfin ce qu'il faut faire :
Car ie jure nos Dieux que tu m'obeïras
En aymant ton Eſpoux ou bien tu periras,
Et de ma propre main devant qu'il ſoit une
     heure

De peur que par les mains des boureaux tu ne
  meure,
Et que tu ne me cause un plus cruel mal'heur.
Mais helas ! tu mentens sans changer de couleur,
Sans trembler, ny paroistre aucunement sensible
Au malheur qui te suit, quoy qu'il soit bien ter-
  rible,
Hé bien que resous tu? respôs moy promptement.

                    REINE.

Seigneur, pour accomplir vostre commandement,
Et répondre au discours qui vous a plus me fai-
  re,
Ie vous diray que loins de vous vouloir déplaire,
Ie ne pretends songer qu'à prier Dieu pour vous,
Et pour tous ceux qui sont iritez contre nous,
Banissez-moy de vous, & de vostre famille,
Et ne me tenez plus au rang de vostre fille,
Ou pour vous excuser auprés de l'Empereur,
De peur qu'il ne vous croye exempt de son er-
  reur,   [tienne,
Livrez moy dans ses mains ainsi qu'une Chré-
Afin qu'en vostre estat, toûjours il vous main-
  tienne,
Et me faite donner un trespas glorieux,
Ou bien faite ce crime agreable à vos Dieux ?
Ouy, pour faire éclater tout à fait vostre zelle
En me traittant ainsi qu'une fille rebelle,
Persez de mille coups ce miserable cœur
Aux yeux de ce Prefet, ce superbe vainqueur :
Car puisque de vous mesme, enfin ie tiens la vie
Il est juste par vous qu'elle me soit ravie.

                      A iij

SCENE III.

Protine entre & arreste Clement qui veut tuer
Reine.

CLEMENT.

OVy cruelle il est juste, & puisque tu le veux,
Ie me vais satisfaire & vanger nos grands
Dieux,

PROLINE.

Mon frere,

CLEMENT.

Laissez moy tuer cette méchante,
Elle me pousse à bout.

PROLINE.

Faut quelle vous contente
Mais puisque vous vsez en vain de la rigueur,
Permettez qu'à mon tour j'essaye la douceur.

CLEMENT.

De douceur ou de force, il faut qu'elle obeïsse,
Mais faite qu'aussi-tost ce dessein reussisse :
Car vous sçavez qu'il faut aller en peu de temps
Sacrifier aux Dieux, & les rendre contens,
On n'attent plus que nous, mais ie meurs de
colere.

PROLINE.

Vous n'avencerez rien en vous monstrant severe,
Allez donc consoler nostre futur époux
Luy faisant esperer un traittement plus doux,
Or sus ma chere enfant, mon petit cœur, ma fille
Seul espoir de nos jours & de nostre famille.

Ouy Reine mon plus doux, & mon plus cher a-
  mour,
Niepce que j'ayme plus mille fois que le jour,
Ouy vous que j'ayme plus mille fois que la vie
Vous qui m'avez enfin en cent façons ravie,
Mon ame, mon cher cœur ne m'aymerez vous
  point   [poinct
En m'accordant sur vous promptement un seul
Epousez Paulias feignant d'estre Payenne   [ne,
Et soyez dans le cœur si vous voulez Chrestien-
Ouy, pour l'amour de moy recevez cét Amant
Quoy qu'il soit de luy mesme aymable & tres-
  charmant.

REINE.

Ma tante je ne puis songer au mariage,
Vn lien bien plus Saint que celuy-là m'engage,

PROLINE.

Vous pouuez esperer de sa fidelité
Qu'il vous conservera vostre Virginité,
Car il vous ayme trop pour oser vour déplaire,

REINE.

Ie voudrois de grand cœur que cela se peust faire,
Mais selon nostre Loy cela ne fait pas.

PROLINE.

Il vous faut resoudre à souffrir le trespas :
Car l'Empereur entent qu'on vienne au Sacrifice,
Où que l'on meure enfin par un cruel suplice,
Et de plus vous voyez mon frere en tel couroux
Qu'il n'a plus de pitié que de ce cher époux,
Que pour vous dire vray, ie trouve fort à plain-
  dre :
Car pour vous seulement il ne cesse de craindre,
Il vous ayme si fort qu'il pleure incessamment,
Vous devriez l'aymer aussi pareillement.

SCENE IV.

Paulias vient aux écoutes.

REINE.

VOus croyez que la mort soit donc un mal ex-
treme,   [me.
Et qu'acause qu'on m'aime, il faut aimer de mes-
Non, non, ma Tante, non, la mort a des appas
Qui me font souhaiter les plus cruels trépas.
Il n'est rien de si doux dans la machine ronde,
Que d'expier pour Dieu Sauveur de tout le
monde.
Et si Paulias m'aime en veritable amant,
Assurez-vous qu'il faut qu'il m'aime infiniment,
Sans esperer jamais tirer de ma personne
Que ce que mon Iesus & mon devoir m'ordonne;
Oüy, s'il n'a dans le cœur un amour tout divin,
Vous pouvez l'assurer qu'il me poursuit en vain.
Mais pour aimer ainsi la doctrine Payenne
Ne s'accorde pas bien avec la Chrétienne.
Et de plus, on pretend m'obliger en ces lieux,
L'acceptant pour époux d'encenser vos faux
Dieux;
Et c'est ce qui ne peut entrer dans ma pensée,
Car la Majesté sainte en seroit offensée.
Si bien que ne voyant icy point de milieu,
Qu'il faut suivre le monde ou qu'il faut quitter
Dieu,
Qu'il faut choisir la vie ou courir au martyre,

Permettez moy, ma Tante, à present de vous dire,
Que puis qu'il faut un jour tout aussi bien mou-
   rir,
Plustost qu'offenser Dieu je consens à perir,
Et quittant une vie ennuyeuse & mortelle,
Acquerir le bonheur d'une gloire eternelle.

P A V L I A S.

Ah! Madame, en faveur de mon affliction
Ne changerez-vous point de resolution ?
Faut-il qu'un jour d'hymen, oüy, qu'un jour de
   delice,
Soit celuy de ma mort, & de vostre suplice,
De grace revoquez l'arrest de nostre mort,
Car nous ne devons plus avoir qu'un mesme sort.
L'amour que j'ay pour vous m'oblige de vous
   suivre,
Et s'il vous faut mourir je ne puis vous survivre.
Puis qu'il ne tient qu'à vous de nous voir bien-
   heureux,
Ne nous choisissez pas un sort si rigoureux
En nous rendant funeste un si saint hymenée,
Car si vous perissez dedans cette journée,
Madame, assurez-vous, oüy, j'en jure nos Dieux,
Que ma mort previendra la vostre dans ces lieux,
Mon amour est trop grand pour souffrir qu'on
   vous fasse
Le moindre déplaisir & la moindre menace.
Comment endurerois-je, helas ! qu'on vous fist
   tort ?
Ou que l'on vous donnast la torture & la mort ?
Non, non, ma Reine, non, cela m'est impossible,
Et pour souffrir cela mon cœur est trop sensible,

Ce penser seulement me fait trembler d'horreur,
Et me remplit déja d'une extreme fureur:
Et trouvant nostre Loy trop severe & cruelle,
Ie doute que nos Dieux veulent qu'elle soit telle,
Et puissent approuver de si cruels desseins,
Benissans vos tyrans & lasches assassins.
Non, non, je ne croy pas que ce soit leur justice
Qui prononce l'arrest d'un si cruel suplice,
Ordonnant que l'on mette ainsi dans le tombeau,
Tout ce que la nature a jamais fait de beau:
Et détruisant ainsi son plus charmant ouvrage,
Perdre un si grand tresor & leur plus belle ima-
    ge,
Car les traits qu'on admire en leurs divinitez
Ne peuvent des mortels estre mieux imitez :
Et par un vray miracle, alors qu'on vous con-
    temple
On voit leurs deïtez & leurs beautez ensemble,
Et si vous perissiez par un tres juste sort,
Ils perdroient plus que nous en vous donnant la
    mort.
Non, non, je ne croy pas que cét arrest inique,
Et que cette sentence injuste & tyrannique,
Vienne de leur conseil, mais du zele indiscret
D'un pieux Empereur que je blasme en secret.
Les Dieux sont trop puissans contre qui leur
    veut nuire,
Et peuvent bien sans luy s'ils veulent vous dé-
    truire.
S'ils vouloient estre aimez & servis dans ces
    lieux,
Et recevoir de vous des encens precieux,
Ils gagneroient vos cœurs par leurs divines gra-
Et non par les rigueurs & cruelles menaces [ces,

Dont ce dernier Edit fait horreur aux Payens
Qui sçavent comme moy la vertu des Chestiens.
C'est pourquoy, mon amour, ma veritable Rei-
ne,
Agreez que je sauve enfin ma Souveraine,
En nous sauvant tous deux d'un si cruel trépas :
Et ne permettez point qu'on perde tant d'apas.
Feignez donc un moment d'estre bonne Payenne,
Et soyez mon épouse, & demeurez Chrestienne.
Ainsi trompant l'esprit d'un pere furieux,
Et de tous ceux qui sont dans le Temple des
Dieux
Pour estre spectateurs d'un si bel hymenée,
Vous benirez le cours de nostre destinée,
Et fuyant la rigueur des loix de l'Empereur
Vous nous exempterez d'un funeste malheur,
Et nous ferez joüir d'un sort si favorable
Qu'on ne peut souhaiter rien de plus agreable.

REINE.

Monseigneur, je connois par ce charmant dis-
cours
Que vous m'aimez bien plus que l'autheur de nos
jours.
Mais plûst à ce bon Dieu d'illuminer vostre ame,
Et la faire bruler de ce feu qui m'enflame.
Vous ne souhaiteriez jamais un autre sort
Que celuy qui me suit dans cette heureuse mort.
Le bonheur infiny d'une gloire eternelle,
Est ce qui recompense une flamme si belle;
Mais pour bien meriter ce souverain bonheur,
Il ne faut rien aimer que Dieu son Createur,
En ne souhaitant rien icy bas sur la terre

Que de se surmonter par une sainte guerre,
Fuyant ce que le monde aime & cherche en tous
 lieux,
Sçavoir les vanitez dont il est curieux.
Car considerez bien tous les plaisirs du monde,
Ces biens & ces honneurs dont on croit qu'il a-
 bonde,
Vous trouverez que tout n'est rien que vanité,
Qui dure un seul moment, loins d'une éternité.
C'est pourquoy, Monseigneur, demandez cet-
 te grace,
Que je souhaite enfin que le bon Dieu vous fasse.
Et pour vaincre en un mot toutes vos passions,
Aspirez au bonheur de ses affections,
Aimant le Createur plus que la Creature,
Et que tout ce qu'on voit de beau dans la nature:
Car tout n'estant icy que pure vanité,
Mon cœur ne peut aimer qu'une divinité,
Pour le respect de qui me voila dé-ja preste
De donner tout mon sang & de perdre la teste,
Sans craindre le courroux d'un pere furieux
Devant qui je m'en vay mépriser vos faux Dieux,
Et par là meriter un glorieux Martyre,
Et m'aquerir au Ciel un eternel empire,
Sur le cœur bien aimé de ce divin Epoux
Qui m'attend, pour joüir d'un amour pur &
 doux,
Et d'une joye enfin qui n'a point de semblable,
Consistant aux plaisirs d'un bonheur ineffable.
Et si vous souhaitez joüir de ces plaisirs,
C'est là que vous devez dresser tous vos desirs.
Oüy, si vous ne pouvez tant soy peu me sur-
 vivre,   [vre,
C'est là si vous m'aimez que vous me devez sui-

Et si nous ne devons avoir qu'un mesme sort,
Ne revoquez donc point l'arrest de nostre mort,
Du jour de nos tourmens & de nostre suplice
Faisons en un d'hymen, de joye, & de delice.
Puis qu'il ne tient qu'à vous de vous voir bien-
  heureux,
Ne vous choisissez pas un sort si rigoureux
En refusant l'honneur d'un si saint hymenée;
Mais benissez le jour de nostre destinée,
Mourant avecque moy pour revivre tousiours,
Et joüir des plaisirs d'eternelles amours.
Mais ne choisissez pas une mort eternelle
Si vous voulez avoir une gloire immortelle,
Abhorrez vos faux Dieux, & marchant sur mes
  pas,
Souffrez pour Iesus-Christ un glorieux trépas.

PAVLIAS.

Ah ! que me venez vous presentement de dire ?
Pouvi z-vous m'inventer un plus cruel martyre ?
Souffrir pour un rival qui cause ma douleur,
Mourir pour qui me comble aujourd'huy de mal-
  heur ;
Ah. Reine encore un coup ! non Reine de mon
  ame,
Je ne sçaurois songer au feu qui vous enflame.

SCENE V.

Clement & Asthere entrent.

PROLINE.

SEigneur, consolez-vous, peut-estre que les Dieux
Vous la feront parler d'un air plus gracieux.

CLEMENT.

Venez, Reine, venez, mais en faisant la Reine
Ne pensez pas pourtant estre ma souveraine:
Songez à m'obeïr & ne me fâchez pas,
Mais adorez nos Dieux.

REINE.

Ah plustost le trépas!

ASTHERE.

Venez ma niece, alons.

CLEMENT.

Venez, vous dis-je encore.

REINE.

Non, j'aime mieux mourir pour le Dieu que j'adore.

ASTHERE.

Allons au Temple, allons.

CLEMENT.

O! malheur de nos jours.

REINE.

Helas je n'en puis plus, Seigneur à mon secours!

Fin du Premier Acte.

ACTE

ACTE II.

SCENE I.

REINE.

IE me meurs de courir & ie suis hors d'haleï-
ne,
Et ne me puis cacher icy dans cette plaine,
Ah ! IESUS, que feray-ie en cette extremité?
Faut-il que mon bon-heur soit icy limité?
Mon Dieu puisque tu sçay de quel ardeur ie t'ay-
me,
Ne m'osteras tu point de ce peril extreme?
Hastes toy donc Seigneur , & me viens secourir
Faisant quelque mirale ou ie m'en vay mourir ;
Car j'aperçois mon pere, & mon oncle en furie,
Qui l'épée à la main viennent m'oster la vie,
Mon Dieu j'espere en toy , ne m'abandonne pas
Car ie les vois déja presque dessus mes pas,
Ils me tueront sans doute, ou du moins estant
prise
Ils me remeneront confuse dans Alise,
Seigneur, puis qu'il y va de la gloire des tiens,
De tes pauvres enfans, tes biens aymés Chre-
stiens,
B

Ne permets pas qu'enfin ie demeure confuse,
Et qu'ainfi la terreur les trouble & les abuse,
Mais faifant voir l'éclat de ton affection
Monftre que tu les prens fous la protection
Helas ! j'entens mon pere, & fa voys par l'oreille
Me vient tranfir le cœur, mais Dieu quelle mer-
veille,
Cét Orme fouvre helas ! afin de me cacher.

SCENE II.

Clemént & Afthere l'épée à la main.

CLEMENT.

NOus la retrouverons fans beaucoup la cher-
cher,
Mais ie ne la voy point, qu'eft elle devenuë?
ASTHERE.
Ie l'ay jufqu'en ce lieu conduite de la veuë,
Il faut qu'elle fe foit faite invifible icy.
CLEMENT.
C'eft, ie iure nos Dieux, ce qui me femble auffi ;
Car ie ne la vois point dans toute cette plaine,
Et c'eft ce qui me met dans une eftrange peine.
ASTHERE.
Cela me met auffi dans tel étonnement
Que ie n'en fçaurois faire un autre jugement.
Et ie m'en voy confus bien plus qu'il n'eft croya-
ble,
Car ce prodige eft tel qu'il me femble effroyable.

CLEMENT.

Ie la croyois trouver derriere cét ormeau.

ASTHERE.

Ah ! ie vois un prodige encor bien plus nouveau,
Voila son vestement.

CLEMENT.

    Elle est dedans cét arbre,

ASTHERE.

Mais comment l'en tirer, il est plus dure que mar-
bre ?

CLEMENT.

Ha Sorciere ! il te faut perir cruellement,
Par le fer ou le feu, tel est mon jugement.

ASTHERE.

Il faut couper cét arbre ou le reduire en cendre,
Puis qu'elle ne veut pas de son bon gré se rendre.

CLEMENT.

Cruelle rend toy donc, viens promptement de
hors,
Aussi bien tu mourras si viste tu n'en sors,
Si tu viens de bon gré ie te pardonne encore,
Pourveu que desormais tu m'aime & tu m'honore.

ASTHERE.

Promettez, menacez, vous perdez vostre temps,
Il nous faut des effets pour nous rendre contens,
On ne vaincra jamais cette malheureuse ame,
Que comme ie vous dis, par le fer & la flamme.

CLEMENT.

Il nous faut donc servir de quelques bucherons.

ALTHERE.

Nous couperons cét arbre, ou nous le brûlerons.

CLEMENT.

Allons & retournons en toute diligence,
Afin d'executer cette juste sentence,

SCENE III.

REINE.

PVisque l'Orme se r'ouvre il est temps qu'i'en
   sorte,   (*elle les regarde*)
Il semble que le vent & la fureur les porte,
Tant ils sont dé-ja loins. Il faut quitter ce lieu,
Mais avant qu'en partir rendons grace au bon
   Dieu.

STANCES.

SEigneur, apres ce grand miracle,
   Ie ne sçaurois douter de ton affection,
Puisque levant un tel obstacle,
Tu fais voir que ie suis sous ta protection
Ie reconnois donc cette grace,
Par mille humble remerciments,
   Et sentant mon esprit plein d'une sainte audace,
Ie veux souffrir pour toy les plus cruels tour-
   ments,   [*servante*
Mais, Seigneur, souviens toy de ton humble
Et ne la quitte pas alors qu'on la tourmente.

Pourveu que tu sois avec moy,
   Ie veux vaincre ou mourir afin de mieux revivre,
Et pour faire observer ta Loy,
Publiant tes biens faits dedans les feux te suivre,
Oüy parmy les feux & les fers,
   Ie veux à haute voix publier tes loüanges,

Et sans craindre ces Dieux qui sont dans les en-
  fers,
Les chanter en tous lieux en imitant tes Anges,
Mais pour bien reüssir soit de nuict ou de jour,
Fortifie mon cœur de ton divin amour.

Enfin ie sens ton divin zele,
Qui s'augmente déja si fort dedans mon cœur,
Qu'il te sera toujours fidele,
Et ne souffrira point jamais d'autre vainqueur:
Oüy ie sens mesme que mon ame,
Esprise de ton feu divin ;
Sans craindre les rigueurs du feu ny de la flame,
Est trop forte à present & qu'on l'attaque en vain:
Car te reconnoissant Maistre de la victoire,
Elle espere bien-tost la Couronne de gloire.

SCENE IV.

THEOPHYLE.

Vois-je ma fille Reine, est-ce un songe trom-
  peur.
REINE.
Mon pere nourissier que vous m'avez fait peur,
Ie croyois de quelqu'vn estre déja surprise:
THEOPHYLE.
Ie sçay tout d'Algeryde allez mon cher soucy.
Sauvez vous vistement & me laissez icy.

Ie m'en vay espier tout ce qu'on voudra faire,
Pour ménager le fort qui nous feroit contraire,
La maifon n'eft plus loins courrez y prompte-
    ment,
Et fi toft qu'y ferez changez de veftement,
Ma femme vous attend avec impatience,
Faite voir voftre efprit dedans cette occurrence,
Et prenant ma houlette allez dans ces valons,
Y trouver Algeride avec nos moutons,
Mais fur tout cachez vous au fond de ces au-
    nayes,
Où bien dans ces ofiers qui font dans ces fauf-
    fayes.

REINE.

Le Ciel m'eft favorable, Allez ne craignez rien,

THEOPHYLE.

Adieu donc fans adieu,

REINE.

Voyez fi ie cours bien.

SCENE V.

THEOPHYLE *seul.*

HElas la pauvre enfant, il semble à voir d'un
  Ange,
On diroit qu'elle volle, ah! Dieu sçait la loüan-
  ge
Qu'elle aura des Chrestiens qui sçauront ce beau
  coup.
Il faut bien pour certain que Dieu l'aime beau-
  coup
De l'avoir conservée en ce peril extreme :
Oüy, certes c'est un coup de la bonté supreme;
Mais un coup merveilleux en faveur des Chre-
  stiens,
Et qui devroit bien fort étonner les Payens.
Il faut bien que le Ciel l'aye faite invisible,
Autrement de s'enfuyr il estoit impossible,
Ainsi que nous a dit ma fille en arrivant,
Elle court pour certain viste comme le vent,
Et de l'agilité dont le Ciel l'a pourveüë
Elle est desia si loin que je la perds de veuë.
Le bon Dieu sçait la joye & quels ravissemens
Mon Alichriste aura de ses embrassemens.
Elles se baiseront jusqu'à mourir de joye;
Il m'ennuye desia que je ne les revoye,
Pour les considerer toutes trois à plaisir.
Mais je ne puis encore accomplir ce desir,
Il Faut m'en aller voir ce qu'on dit à la ville,
Et si dans leur besoin je leur puis estre utile.

Mais pour m'y rendre il faut prendre un autre
  chemin,
De peur de rencontrer ce Clement inhumain.
Mais le voicy qui vient avecque son beau-frere,
Ce superstitieux, ce furieux Asthere.
Ie croy que grace à Dieu nul ne me connoist pas
Pour avoir élevé cét objet plein d'apas,
Que Dieu veuille garder tout le cours de sa vie,
Des mains de ces cruels & de leur tirannie.
C'est pourquoy ie puis bien, feignant d'estre in-
  censé
Entendre leurs propos.

SCENE VI.

Clement & Asthere entrent.

CLEMENT.

AH qu'un pere offencé,
D'un si sensible affront souffre de violence.
ASTHERE.
Il n'est pas toûjours bon d'avoir trop de cle-
  mence,
Pour de jeunes enfans quand ils sont obstinés.
THEOPHYLE.
Il les faut corriger & leur casser le nés.
CLEMENT.
Vous parlés comme il faut, prenez donc vostre
  hache,
Et m'aydez à punir un enfant qui me fâche.
ASTHERE.

ASTHERE.

C'est à ce coup enfin qu'il te fraudra mourir,
Sans croire que ton Dieu te puisse secourir,

CLEMENT.

Qu'on me coupe cét arbre & quoy qu'il en arrive
Livrez-là dans nos mains promptement morte
ou vive,
Et si vous n'en pouvez ainsi venir à bout
Et que vos instruments ny puissent rien du tout,
Il nous la faut brûler ainsi qu'une sorciere,
Afin de nous venger d'un beste si fiere.

THEOPHYLE.

Lequel est-ce des trois,

ASTHERE.

C'est celuy du milieu.

THEOPHYLE.

Elle n'a qu'à se bien recommander à Dieu.

ASTHERE.

Mais l'accident fâcheux, elle n'est plus dans
l'orme.

CLEMENT.

Elle n'est plus helas!

THEOPHYLE.

Elle a changé de forme,
C'est peut-estre ce chien que nous voyons cou-
-rir.

CLEMENT.

Asthere s'en est fait, ce coup me fait mourir.

ASTHERE.

Pour moy i'en suis confus,

THEOPHYLE.

Ou bien c'est cette vache,
Que nous voyons la bas toute blanche & sans
tache.

Peut-estre quelque Dieu, que l'on ne connoist
  pas,
Estant passionné de ses divins apas,
Ainsi qu'une autre Yo l'aura changée en vache.
                    CLEMENT.
Taisez vous importun, vostre discours me fasche.
              THEOPHYLE.
Excusez, mais Seigneur, Daphné fust-ce dit-on,
Changée en un Laurier en fuyant Apollon.
Et peut-estre que Reine en cessant d'estre un
  orme,
Afin de se changer aura pris cette forme,
Ou puis que c'est un cœur qu'on ne sçauroit tou-
  cher,
Peut-estre que son Dieu la changée en Rocher,
Et ie crains que sur nous voulant prendre ven-
  geance,
Il ne nous fasse aussi quelque maudite engence,
En metamorphozant les pauvres Bucherons,
En quelques Chat-huants, ou bien en mouche-
  rons,
Et de crainte de voir icy plus de merveilles,
Il me semble déja que mes pauvres oreilles,
S'alongent de beaucoup, c'est pourquoy Messei-
  gneurs,
Retournons sur nos pas de peur d'autres mal-
  heurs,
              ASTHERE.
Il a quelque raison de parler de la sorte,
Durant que la fureur du Demon la transporte,
Nous pourrions esprouuer l'effet de son cou-
  roux.
              THEOPHYLE.
Elle vous changeroit en quelques Lougaroux.

CLEMENT.

Tais toy chien d'importun n'augmente point ma
   rage,   [courage.
Quoy donc Asthere, & quoy, manquez vous de
Croyez vous que nos Dieux nous laissent au be-
   soin,
Et que de se venger, il n'ayent aucun soin?
Non, non, en se vengeant ils nous feront justice,
En la faisant tomber dans quelque precipice,
Où son demon cedant au pouvoir de nos Dieux,
La laissera punir de ce crime odieux.

ASTHERE.

Toutefois on a veu d'estranges avantutes,
De ces maudits sorciers,

CLEMENT.

                Ce sont des impostures.

ASTHERE.

Quoy, Seigneur, est il faux, que l'acte d'aujour-
   d'huy,
Nous comble tous les deux, & de trouble & d'en-
   nuy?

CLEMENT.

Il est vray, que ce coup est un prodige estrange,
Et ie m'étonne fort que le Ciel ne m'en venge,

ASTHERE.

Craignons donc s'il vous plaist, un pire evene-
   ment,
Et laissons faire aux Dieux justice seulement.

CLEMENT.

S'ils ne me vengeoient point d'un si sensible ou-
   trage,
Ie ne les voudrois pas honorer davantage,
Ny jamais leur offrir ny de vœux ny d'encens
Et croyrois qu'il seroyent tout à fait impuissans.

C iij

Oüy Dieux faites donc voir icy voſtre puiſſance,
En prenant promptement une juſte vengeance,
Sur ce monſtre infernal qui nous veut faire voir,
Que ſon Dieu plus que vous, eſt remply de pou-
    voir.
Formez donc viſtement quelque horrible tépeſte,
Lancez un milion de careaux ſur ſa teſte,
Et foudroyant la terre envoyez aux Enfers,
Ce malheureux objet des maux que i'ay ſoufferts,
Si nous ſommes icy vos plus vivants images,
Et que vous entendiez que l'on nous rende hom-
    mages.
Faites vous redouter & ne permettez pas,
Que l'on s'attaque à vous en cauſant nos treſpas,
Oüy grands Dieux, cét affront me fait mourir
    de rage,
Vengez nous donc enfin ſans tarder davantage.
ASTHERE.
Ils recompenſeront un tel retardement,
Par l'aplication d'un plus cruel tourment,
Et plus il permettront qu'elle ſoit dans ce vice,
Plus ils la laiſſeront augmenter ſon ſupplice.
Et ce que vous croyez en eux eſtre trop doux,
Sera ce qui doit faire éclatter leur couroux.
Allons donc ſeulement en recevant Olibre,
Luy faire voſtre plainte, & d'un cœur franc & li-
    bre,
Nous excuſant envers ce Prince triomphant,
Luy demander la mort de cette indigne enfant.
THEOPHYLE. *ſeul*
Et moy ie vais tâcher par quelque bon intrigue,
Contre un tel ocean de former une digne,
Et pour contre-carer ces beaux Meſſieurs les
    Dieux,

Obferver en tous cas ces parents furieux.
Mais fur tout il me faut donner quelques alarmes,
A l'Epoux defolé qui fe font tout en larmes,
Afin de l'obliger à ne pretendre plus,
Cét objet pour lequel fes cris font fuperflus.
Le Payfan n'eft pas fi fimple que l'on penfe,
Il fe rit bien fouvent des fols en leur l'abfcence,
Et quoy que mal veftu, l'on peut dire en un mot,
Que plus rufé que luy pour certain n'eft pas fot.

SCENE VII.

Protine & Paulias marchant doucement, & parlant tout bas.

PROTINE.

A Vez vous fait le tour de ce petit bocage.
PAVLIAS.
Oüy, Madame, & levant le plus efpais feuillage,
D'un œil fort circonfpect i'ay vifité par tout.
PROTINE.
Laiffez moy feule icy, pour en venir à bout,
Car ie crois de l'avoir icy prés entre-veuë,
& j'entens foufpirer, ou ie fuis bien déceuë,
Allez tout doucement de cét autre cofté,
Afin que fon foubçon foit tout à fait ofté ;
Reine entens les accens de ma voix languiffante,
Aproche toy mon cœur viens c'eft ta chere tan-
te,
Ne crains point mon enfant, ie fuis feule en ce
bois,   C iij

Afin de te sauver de ces tristes abois,
Tu dois tout esperer d'un cœur plein de ten-
    dresse,
Et qui languit pour toy d'une extreme tristesse,
Ne te souviens-tu plus de ma sincerité,
Et pourrois-tu douter de ma fidelité,
Viens donc ma chere enfant, monstre toy ie te
    prie,
Et ne hazarde point de perdre ainsi la vie.
Escoutte mon amour, que ie te parle icy,
Afin de nous oster de peine & de soucy,
Tu connoistras bien-tost que ie te suis utile:
Car ie te veux servir de refuge & d'azile.
Ma fille assure-toy de mon affection,
Et n'aprehende rien sous ma protection,
Et puisque ie te veux servir icy de mere,
L'amour de ton époux ny la fureur d'un pere,
Ne te doivent point mettre en un tel desespoir.
Qu'ils te fassent resoudre à ne me plus revoir,
Quand ie te veux oster d'une telle detresse,
Voudrois-tu me combler de pareille tristesse,
Et sans te souvenir de mes doux traittemens,
Me faire ainsi languir jusqu'aux derniers mo-
    mens:
Car si tu ne reviens contenter mon envie,
Les soupirs & les pleurs termineront ma vie,
Les ennuis que j'auray de ne te plus revoir?
Oüy, le plus grand regret que mon cœur doit
    avoir,
Eu souffrant les rigueurs de cette violence,
Las c'est qu'il me faudra mourir en ton absence,
Viens donc aimable objet de mes plus chers
    amours,
Pour me clore les yeux à la fin de mes jours.

Mais ie te parle en vain peut-estre que moy mef-
me
Te les devroit fermer dedans un dueil extreme,
Il me semble dé-ja que ie vois tes apas,
Pasles & languissants par l'effet du trespas.
Helas! peut-estre es-tu dans quelque precipice,
Ou personne ne peut te rendre cét office?

STANCES.

CHERE fille du Ciel qui par tes doux accens,
Loin des trais de l'inquietude
Entretiens les espris des plaisirs innocens,
Dans cette aymable solitude,
Excuse les transports d'un esprit malheureux.
Qui par ses tristes cris interompt ton silence,
Ne pouvant suporter l'extreme violence,
Du regret qui l'agitte & le tue en ces lieux.

Agreable desert, refuge de la paix,
O trois fois aymable demeure,
Où tout le grand cours d'un jamais,
Ne semble pas durer une heure,
Silence harmonieux de tous les elemens,
Empire du Zephir calme de la nature.
Vray charme des soucis, doux concert des mo-
mens,
Pardonnez à mes maux cette legere injure.

Et vous superbes mons qui paroissez secrets,
Eslevez vos testes chenuës,
Par dessus les plus hauttes nuës,   [grets,
Et portez jusqu'aux Cieux mes cris & mes re-

Cependant qu'icy bas dans ce lieu solitaire,
Vos eschos animés par ma funeste voix,
Se reveillant l'un l'autre annonceront aux bois,
Les douleurs & les maux que ie ne sçaurois tai-
    re.

Escoutez donc Rochers cessez vostre repos,
Et vous qui regnez dans ces plaines,
Arrestez le cours des fontaines,
Donc le gazoüil charmant interompt mon pro-
    pos .
Et toy belle saison retire ta puissance,
Emporte ta verdure & l'émail de tes fleurs,
Que tu verrois perir par un torrent de pleurs,
Que mes yeux vont verser dans cette violence,

Ou bien si tu ne puis exempter leur jeunesse,
Du dégast que ie fais icy,
Change les toutes en soucy,
Pour augmenter celuy qui cause ma tristesse,
Et tu pourras ainsi sauver toutes tes fleurs,
Et bien loin de causer leur perte & leur domage:
Ie prendray quelque soin d'accroistre ton ou-
    vrage,
En faisant tout au tour un ruisseau de mes pleurs.

Hé bien cher Paulias.
                    P A V L I A S.
                - Hé bien , Madame, hé bien
Nous la cherchons, helas? mais nous ne ga-
    gnons rien,
Il faut bien pour certain que quelque autre Chre-
    stienne,
Dans quelque lieu caché la recelle & retienne.

Ie vois venir icy ce me semble un Chrestien,
Feignant de l'estre aussi, ie trouveray moyen,
De sçavoir dans quel antre ils s'assemblent leurs
 Festes,
De grace cachez vous?
                    THEOPHYLE.
                    Que diantre soit des bestes.
             PAVLIAS.
Que cherchez vous l'Amy?
                    Mes deux meilleurs moutons,
 Qui se sont égarez icy dans ces buissons.
             PAVLIAS.
Pour vous en consoller recevez cette piece.
             THEOPHYLE.
Helas! vous me comblez d'une extreme liesse,
Mon genereux Seigneur,
             PAVLIAS.
                    De grace obligez moy,
Car ie vous crois bon homme, estre de nostre
 Loy.
             THEOPHYLE.
Ie prie que les Dieux toûjours nous y maintien-
 ne,
Et destruise bien tost la nation Chrestienne.
             PAVLIAS.
Hé quoy bon homme? Hé quoy vous estes donc
 Payen?
             THEOPHYLE.
En doûtiez vous, Seigneur.
             PAVLIAS.
                    Pour moy ie suis Chrestien.
             THEOPHYLE.
Tant pis, Seigneur, tant pis, quittez cette do-
 ctrine,

Qui ne vous peut jamais aporter que ruine,
PAVLIAS.
Ne diſſimulez point de la ſorte avec moy ?
Et ceſſez de parler ainſi de noſtre Foy,
Dites moy mon cher pere avec toute franchiſe,
Ou nous pourrons icy compoſer noſtre Egli-
   ſe,
Vous ſçavez que demain c'eſt la Nativité,
De celle qui finit noſtre captivité,
C'eſt la Feſte en un mot de la tres ſainte Vierge,
Et ie deſirerois luy donner un beau cierge.
THEOPHYLE.
Moy ie voudrois tenir tous les meſchants Chre-
   ſtiens,
Ie les maſſacrerois tout ainſi que des chiens.
PAVLIAS.
Les hayſſez vous tant,
THEOPHYLE.
                    I'ay regret que vous eſtes,
Le principal ſupport de ces meſchantes peſtes,
Car ainſi que ie puis juger à voſtre port,
Si vous eſtes Chreſtien vous eſtes leur ſupport.
PAVLIAS.
Ie ſuis leur protecteur quand on leur fait outrage.
THEOPHYLE.
Ah ! ſi vous eſtes tel c'eſt ma fy grand dommage
Car vous eſtes bien fait, & bon & genereux.
PAVLIAS.
Cela n'empeſche pas bon pere qu'en ces lieux,
Vous ne me puiſſiez rendre un ſignalé ſervice.
THEOPHYLE.
Mais ſervir un Chreſtien ſeroit-ce point un vice,
Car ſi s'en eſtoit un, j'aymerois mieux mourir,
Que de vous aſſiſter ny de vous ſecourir ;

Quoy que j'aye pour vous dé-ja beaucoup desti-
me,

PAVLIAS.

Vous le pouvez fort bien, & sans faire aucun
crime.

THEOPHYLE.

Dites donc s'il vous plaist ce que vous desirez,
Quoy vous fondez en pleurs, hé dieux vous sou-
pirez;
I'ay grand pitié de vous faut vous oster de peine.

PAVLIAS.

Dites sçavez vous point ou ie pourrois voir
Reine.

THEOPHYLE.

Fille du tres illustre, & tres-pieux Clement,
Nostre bon Gouverneur.

PAVLIAS.

Oüy, dites vistement.

THEOPHYLE.

Ie crains de vous fâcher contentant vostre envie.

BAVLIAS.

Dites donc promptement.

THEOPHILE.

Vn Dieu vous la ravie.

PAVLIAS.

Vn Dieu me la ravie.

PROTINE *r'entrant.*

Et quel Dieu! dis quel Dieu.

PAVLIAS.

Est ce Iupin ou Mars.

THEOPHILE.

Il estoit tout en feu,
Et comme le Soleil tout brillant de lumiere.

PAVLIAS.
Les Dieux me voudroient-il causer telle misere?
THEOPHILE.
Oüy sans doute quelqu'un espris de sa beauté,
Afin de triompher de cette cruauté,
Et vanger ses mespris vous l'ayant enlevée,
En joüit à present dans la voûte Ætherée,
Elle s'estoit changée en l'un des trois ormeaux,
Et ce Dieu l'en tirant aux yeux de ses rivaux,
La renduë invisible, & puis dans une nuë.
Qui sembloit estre vn char elle m'est disparuë,
Voila ce que j'en puis vous dire asseurement,
Et que pourriez sçavoir du bon Seigneur Cle-
ment.
PROTINE.
Quoy le Seigneur Clement, la veuë en cette
forme,
THEOPHILE.
Asthere, & luy l'ont veuê ainsi changée en or-
me,
Et s'en sont retournez aux logis tous confus,
Et si vous m'en croyez vous n'y songerez plus.
PAVLIAS.
Ah ! pourrois - je oublier cette aymable inhu-
maine.
PROTINE.
Allons voir au logis pour nous oster de peine.
THEOPHILE.
Si ie ne vous ay dit la pure verité,
Ie veux qu'on me chastie avec severité,
Ie parle de bon sens, & ie ne suis pas yvre,
Et pour cette raison ie suis prés de vous sui-
vre.

PAVLIAS.

Ah Dieux ! qu'elle douleur ie fens dans le cer-
  veau ,
Helas ! ie perds l'efprit.

PROTINE *l'emmenant.*

Retournons au Chafteau.

THEOPHILE.

C'eft fort bien advisé vous ne fçauriez mieux
  faire ,
De peur que le deftin ne vous foit plus contraire.

PAVLIAS.

Ah ! Ie ne puis avoir vn fort plus rigoureux,
Non, ie ne fçaurois pas eftre plus malheureux,
Et j'incaque les Dieux puifque Reine eft ravie,
D'inventer des tourmens pour m'arracher la vie,
Car plus ils uferont envers moy de rigueur,
Pluftoft finiront-ils le cours de ma douleur :
Mais j'ay beau murmurer de leur pouvoir fupre-
  me,
Ils m'outragent affez en m'oftant ce que j'ayme,
Et ne me privant point en mefme temps du jour,
Pour m'em efcher de voir l'objet de mon amour,
O cruauté des Cieux ! tout à fait innoüye,
Il ont ravy mon ame & me laiffent en vie ,
Ah ! Reine ma chere ame, helas mon pauvre cœur,
Pourquoy me laiffe tu dedans cette langueur ?
Viens donc me ranimer par ta chere prefence,
Car ie ne fçaurois vivre en cette dure abfence,
Hé Dieux ie vay mourir pour tes divins apas ;
Mais quoy ie perds l'efprit fans fouffrir le tref-
  pas ?
Crions inceffamment pour foulager m'a peine,
proferant le beau nom de mon aymable Reine,

Ah ! Reine, Reine, Reine, Ah ! Reine, Reine,
Reine.

PROTINE.

Ah ! vous perdez l'esprit,

PAVLIAS.

                    Il suit ma Souveraine.
Ah ! Reine, Reine, Reine, ah ! ma charmante
Reine.

PROTINE.

Vous estes sans raison, souffrez qu'on vous re-
meine,

PAVLIAS.

Ah ! Reine incomparable à l'admirable Reine.

THEOPHILE.

Mon Seigneur, oubliez cette belle inhumaine,

PAVLIAS

Non, laissez moy crier mon adorable Reine.
Ah ! Reine, de mon cœur, ah ! Reine, Reine,
Reine.   *On l'enmeine.*

Fin du Second Acte.

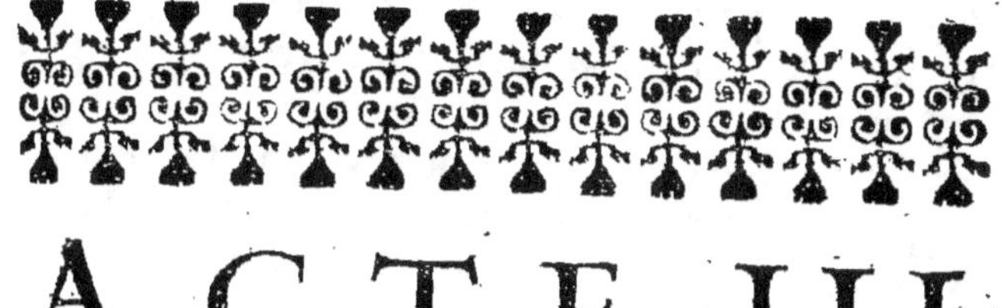

ACTE III.

SCENE I.

REINE *&* ALGERIDE *en Bergeres,* THEOPHYDE *&* ALICHRYSTE.

THEOPHYLE.

VOvs avez entendu les merveilles que Dieu
Pour nous encourager, a fait voir en ce lieu,
Et principalement comme elle s'est sauvée
De ses cruels parens qui l'avoient enlevée,
Et conduite de force au Temple de leurs Dieux,
Qu'elle a tout franchemét affrontez à leurs yeux.
Et comme son tyran piqué de cét outrage,
Se pasmant de regret, de fureur & de rage,
Attirant les regards de tous les spectateurs,
Elle a fait banqueroute à ses persecuteurs,
Qui reprenant courage & desirant sa vie,
L'ont (comme vous sçavez) vainement pour-
    suivie.
Mais cela ne doit pas pourtant nous empescher
De la cacher icy, car on la fait chercher.

C'est pourquoy mes enfans usez de l'avantage
Que vous pouvez avoir icy dans ce bocage,
Et ne vous montrez point à d'autres qu'à nous
    deux :
Et s'il vous arrivoit quelque accident fascheux
Appellez l'un ou l'autre afin qu'on vous assiste;
Mais appellez sur tout vostre bonne Alichriste.
Et s'il me falloit feindre encor d'estre Payen,
Ne vous estonnez point & n'apprehendez rien:
Car craignant de la voir un jour prisonnie-
    re,
Ie veux joüer un tour de mesme maniere,
Et voyant le Prefet d'un air familier
Me presenter à luy pour estre Geolier.
Ie m'en vay le trouver sur le chemin d'Alise
Où je le viens de voir.

R E I N E.

Le bon Dieu vous conduise.

A L I C H R I S T E.

Mais croyez vous qu'il soit permis de feindre
    ainsi ?

T H E O P H Y L E.

Vostre esprit scrupuleux s'en met trop en soucy.
Ie croy qu'en servant Dieu si je trompois le dia-
    ble
Cela vous sembleroit quelque crime effroyable.
Oüy, pour venir à bout de tous nos ennemis,
Ie croy qu'en servant Dieu tout doit estre per-
    mis.
Si je pouvois tout seul les renverser par terre,
Dieux que je leur ferois une cruelle guerre;
Et de mesme qu'ils font aux pauvres Chrétiens,
Ie me ferois aussi redouter à ces chiens,
Et pour les attrapper dans des perils extremes,

Oü v.

Oüy, ie me seruirois de mille stratagemes,
Et ie les détruirois aussi tost en ce lieu,
Si se conuertissant ils n'adoroient un Dieu.
Qui ne connoist un Dieu n'est pas digne de viure,
Et qui croit en plusieurs, & veut les demons sui-
  ure,
Et les faire adorer, est digne de l'enfer,
Et qu'on le tuë enfin par la flame & le fer.

REINE.

L'atheïsme en un mot est chose abominable,
Et l'idolatrie est encor aussi damnable ;
Mais la Foy des Chrestiens est un present du
  Ciel,
Lequel estant plus doux mille fois que le miel,
Ne nous doit inspirer que des douceurs extre-
  mes,
Afin d'imiter Dieu dans ses bontez supremes,
Qui veut que nous aimions mesmes nos ennemis,
Leur souhaitant l'estat auquel il nous a mis,
Lequel est un effet de sa divine grace,
Qui pour les conuertir est bien plus efficace
Que toutes les rigueurs des persecutions
Qu'on pourroit exercer envers ces nations.
Car ne pensez iamais que le fer ny la flame,
Puisse du Saint Esprit illuminer une ame.
Il n'appartient qu'à Dieu de conuertir les cœurs,
Et non pas aux mortels avecque leurs rigueurs.
Puis que nous sommes donc dans un temps de
  souffrance,
Combattons nos tyrans avec la patience,
En souffrant les tourmens qui nous sont ordon-
Ayant compassion de ces cœurs obstinés ; [nés,

D

Ces pauvres aveuglez estant bien plus à plaindre
Que ces cœurs genereux qui ne sçavent point
    feindre,
Et qui fortifiez de la grace de Dieu
Sans craindre les tourmens le loüent en tout lieu.
Et partant, mon cher pere, usez de prevoyance,
Et gardez bien de perdre un seul point d'inno-
    cence.
Dans l'ancienne Loy ce n'estoit que rigueur,
Mais nostre Loy de Grace est pleine de douceur
Et de sincerité, bien contraire à la feinte.

                THEOPHYLE.

Vous me mettez dedans une étrange contrainte
Avec vostre scrupule & vos raisonnemens,
L'intention est iuge en tous evenemens.
Adieu, vous-dis-je encore, & ne soyez faschée
Si ie le vay trouver, mais tenez vous cachée.

                REINE.

Ie vous obeïray tousiours assurement.

            THEOPHYLE *riant*.

Ie l'entens de la sorte, & ponctuellement;
Encore que vous soyez ma legitime Reine,
Vous estes mon enfant.

                ALGERYDE.

                        N'en soyez pas en peine,
On suivra vos conseils tousiours de poinct en
    poinct.

            THEOPHYLE.

Ie l'entens bien, vous dis je, & ie ne raille point.

            ALICHRYSTE.

Allez donc ie vous suis.

            THEOPHYLE.

                Adieu donc nos Bergeres.

SCENE II.

ALICHRISTE, REINE, ALGERYDE.

ALICHRISTE.

Or puis que vous sçavez combien vous m'e-
    stes cheres,
Ie vous prie ayez soin de vous bien conserver.

REINE.

Dieu veüille de tous maux aussi vous preserver,
Car nous vous estimons pareillement bien chere,
Puis que vous nous servez icy de bonne mere.

ALICHRISTE.

Adieu donc mes enfans, demeurez en ce lieu,
Et gardant le troupeau priez bien le bon Dieu.

ALGERYDE.

Nous n'y manquerons pas.

SCENE III.

REINE, ALGERIDE.

REINE.

QVe ces lieux ont de charmes,
Que leur silence est doux au pris de ces vacarmes
Qu'on entend à la Cour.

ALGERYDE.

Oüy, Reine, que ces lieux
Sont sans comparaison bien plus delicieux,
Et la simplicité des œuvres de nature
Surpasse infiniment toute l'architecture;
Ces superbes Palais me paroissent moins beaux
Que ces cabinets verds qui sont faits sans tra-
vaux.
Ces petits Rossignols avecque leurs musiques,
Ont des accords cent fois plus doux & magni-
fiques,
Que ces Musiciens avec leurs instrumens :
Oüy, oüy, leurs doux fredons sont beaucoup
plus charmans.
Enfin pour trancher court, vive la solitude,
Pour vivre heureusement & sans inquietude.

REINE.

Oüy, ma chere compagne, il est vray que ces
lieux
Sont comme le sejour des esprits Bien-heureux;

Et toutefois on voit par des effets étranges
Qu'ils sont pour les demons comme ils sont pour
    les Anges;
Et pour les habiter continuellement,
Il faut avoir en Dieu son esprit fortement,
Afin de remporter une heureuse victoire
Sur ces esprits pervers jaloux de nostre gloire,
Qui pour nous empescher nos meditations,
Taschent à nous donner mille distractions.
C'est pourquoy nous devons mettre tout nostre
    étude
A nous fortifier contre un assaut si rude,
Priant incessamment l'Auteur de l'Vnivers
De nous vouloir garder de ces esprits pervers.

ALGERYDE.

Comme cét exercice est le plus beau du monde,
Puis qu'il a pour objet cette source feconde
Des divines clartez & des perfections
Du souverain motif de nos affictions :
Ces esprits envieux du bonheur de nos ames,
Taschent de nous troubler par des pensers infa-
    mes,
Pour nous faire cesser cét acte glorieux,
Et ce divin employ des esprits bien-heureux.
Quelquefois ces maulits prennent diverses for-
    mes
Pour nous faire tomber en des pechez enormes.
On les voit quelquefois comme des Courtisans,
Qui font les amoureux & les agonizans,
Et vous viennent conter mille & mille sornettes,
Que nos Dames de Cour appellent des fleurettes;
Mais il faut aussi tost du signe de la Croix

Se deffendre contre eux, hé qu'est-ce que ie
   voys?   (*Olibre paroist en admiration.*)
Helas retirons nous de peur de quelque outrage.
                    REINE.
Faut-il vous étonner & manquer de courage?
                  ALGERYDE,
Peut-estre est-ce un demon qui nous vient tour-
   menter.
                    REINE.
Hé bien faut prier Dieu, s'il vient pour nous
   tenter.
                  ALGERYDE.
Ie m'en cours au logis avertir Alichriste.
                    REINE.
Non vous l'étonneriez & la rendriez triste.

SCENE IV.

OLIBRE, REINE.

OLIBRE.

GArdes retirez vous. Ah Dieux quelle mer-
     veille !
Peut on voir en ces lieux une beauté pareille ?
Ah Deesse d'amour estes vous icy bas ?
Dans ces lieux écartez avec tous vos appas,
Pour me recompenser de mes travaux de guerre
En me comblant desia de plaisirs sur la terre.
Oüy, puis que ie triomphe en ce bien-heureux
   jour.

Vous me ferez goufter les douceurs de l'amour.
Agreez mes refpects , ô beauté que j'adore,
Et nous couchant enfin fur ce tapis de flore,
Permettez que ié fois le plus heureux amant
Qu'on aye iamais veu deffous le Firmament.

REINE.

Seigneur, excufez moy , ie ne fuis point Deeffe,
Et j'ay compaffion de voir voftre foibleffe;
Laiffez moy feulement aller à mes brebis.

OLIBRE.

Ah ! quoy que vous foyez fous ces fimples habits,
Voftre beauté divine eft toufiours elle mefme.

REINE.

Excufez moy , Seigneur, vous faites un blaf-
pheme
Me traitant de ces mots remplis de vanité.

OLIBRE.

Vous avez beau cacher voftre divinité,
On s'apperçoy bien toft de fa douce prefence
Par un raviffement tout remply d'excellence.
Oüy , d'abord que l'on voit ces attraits amou-
reux ,
On fent fon pauvre cœur auffi toft langoureux;
Quoy que vous faffiez pour paroiftre mortelle,
On connoift auffi-toft que vous n'eftes pas telle.
Puis qu'il vous a donc pleu de bleffer un vain-
queur,
Et l'avoir pour efclave, acceptez donc fon cœur,
Triomphant doublement dedans cette journée,
Qui pour noftre bonheur femble eftre deftinée;
Souffrez donc ma Deeffe,

REINE.

Ah , Seigneur , laiffez moy,
Ie ne fuis que Bergere.

OLIBRE.

Ah je jure ma foy
Que quand vous ne seriez qu'une simple Bergere,
Vous serez ma Maistresse, & d'un amour sincere,
Plustost que de cesser d'adorer vos appas,
Vous me verrez souffrir mille & mille trépas:
Et si vous m'accordez ce que je vous demande,
Des Dames du Païs vous serez la plus grande.
Car enfin ie vous croy d'une autre extraction,
Et plus digne partant de mon affection.
Quoy que vous soyez donc, Bergere ou Damoi-
selle,
Ou Deesse en un mot, recompensez mon zele
Par l'effet genereux d'un reciproque amour,
Et ne permett. z pas que ie perde le jour,
Car ie me meurs pour vous.

REINE.

Elle repousse genereusement Olibre qui la veut
approcher.

Ah Dieu quelle insolence,
Pensez vous donc icy me faire violence ?

OLIBRE.

Ah donnez moy de grace un baiser seulement
Afin de soulager mon amoureux tourment.

REINE.

Point du tout, & cessez, ou bien vostre visage
Eprouvera bien-tost ma fureur & ma rage.

OLIBRE.

Estes-vous si méchante ?

REINE *s'en fuyant*

Au secours mon Iesus.

OLIBRE.

Ie la poursuis en vain, ce mot me rend confus.
Iustes Dieux ! Toutefois faut que ie la retienne.
Hola

Hola, ho, Garde à moy , prenez cette Chrétienne;
Vous venez bien à poinct , tenez nouveau Geolier.

SCENE V.

Vn Garde & Theophyle entrent.

THEOPHYLE,

TRes volontiers , Seigneur , il nous la faut
lier.

OLIBRE.

Faites voftre devoir.

THEOPHYLE *feignant de la*
mal-traiter.

N'en foyez pas en peine.

OLIBRE *fortant.*

C'eft fort bien commencer.

THEOPHYLE.

Ah Dieux la belle étreine.

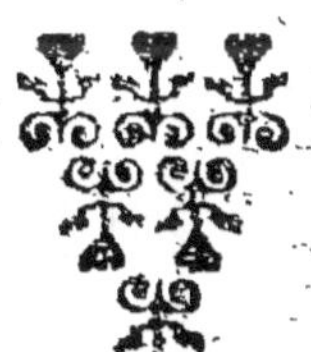

E

SCENE VI.

ALICHRISTE & ALGERIDE *entrant.*

ALICHRISTE.

AH traistres mal heureux & bourreaux inhu-
mains,
Faut que ie vous étrangle icy de mes deux mains,
Si vous ne me rendez promptement l'innocente
Que vous me raviss.z.

THEOPHYLE.

Ah qu'elle est violente,
Frappes, frappes d'abord.

ALGERIDE.

Ah cruel ! ah meschant !
O funeste malheur !

ALICHRISTE.

Helas ma chere enfant
Faut il que tu me sois cruellement ravie,
Sans qu'on me prenne aussi pour m'arracher la
vie.

REINE.

Helas consolez vous & priez Dieu pour moy.

ALGERIDE.

Adieu chere Compagne, helas c'est fait de toy,
Et de nous tous ensemble.

ALICHRISTE

O des siecles le pire.
Ah cruels permettez qu'entre ses bras j'expire.

ALGERIDE.

Ma triftesse égallant l'excez de mon amour,
M'oblige de la fuivre & de perdre le jour.

THEOPHYLE.

Retirez-vous enfin ou je casse la tefte.

ALICHRISTE.

Massacre moy cruel me voila toute presto.

THEOPHYLE.

Retirez-vous, vous dis je.

REINE.

Ah ne la frappez pas.

ALICHRISTE.

Il faut que tu me tuë ou marchant fur fes pas,
Ie l'accompagneray jufqu'au dernier fuplice.

THEOPHYLE.

Ne m'empef. hez donc point de faire mon office.

ALICHRISTE.

Helas ma chere enfant.

ALGERIDE.

Helas ma chere fœur.

ALICHRISTE.

I'expire de regret.

ALGERIDE.

I'ay la mort dans le cœur.

Fin du troifiéme Acte.

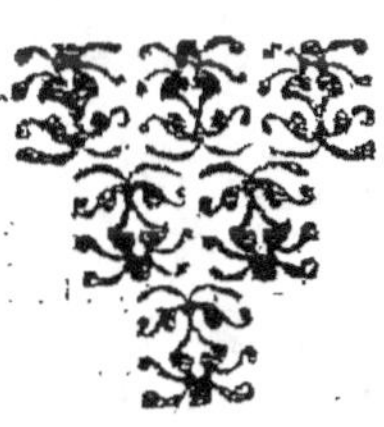

ACTE IV

SCENE I.

OLIBRE *seul.*

IVstes Dieux, que diray-je en ce malheur ex-
  treme ?   [me,
Me plaindray-je du sort en parlant de vous mes-
D'où provient cét amour qui me donne la mort?
Et cette cruauté qui compose mon sort ?
Dieux ou sort qui causez toutes mes avantures,
Pourquoy m'inspirez vous ces gehennes & tor-
  tures
Qui me font endurer plus mille & mille fois,
Que ce divin objet que je mets aux abois ?
Est-ce pour éprouver ma constance & mon zele,
M'obligeant à souffrir les maux de cette belle.
Quarante sept chaisnons d'onze pieds de lon-
  gueur,
Et cét anneau de fer, quelle extreme rigueur.
I'en suis confus helas, & cette lourde chaisne
Me pese sur le cœur & me donne la gehenne,
Mais si cruellement qu'on ne sçauroit penser
Si cette belle enfin a pû vous offencer.

Ne sçaurois-je vous vaincre & vous avoir pro-
  pices,
Par vos interests mesme & par mes sacrifices.
Oüy, grands Dieux vengez-vous favorisants mes
  vœux ;
Faites voir en un mot que vous estes mes Dieux,
Et que vostre pouvoir surpasse la magie
De ce Galileen dont son ame est noircie.
Changez donc cette belle & faite qu'en ce jour
Elle honore vos loix & celle de l'amour.
Oüy, vous qui disposez de l'instinct de nos ames,
Faites luy ressentir vos amoureuses flames,
Et pour l'amour de moy punissant ses rigueurs,
Inspirez dans son cœur vos extremes douceurs.
Non ne m'obligez plus à haïr ce que j'aime,
Et la persecutant à m'en punir moy-mesme.

SCENE II.

REINE *entre.*

OLIBRE *poursuit.*

AH Dieux quelle demarche & quelle gravité,
Que son port est charmant & plein de ma-
  jesté,
Que d'attraits & d'appas en toute sa personne,
Elle est digne vrayment d'avoir une couronne,
Et plus Reine d'effet qu'elle ne l'est de nom.
Oüy, sa beauté surpasse encore son renom ;
Plus je la considere & plus je la contemple,
Plus mon cœur luy voudroit edifier un Temple.

Il l'adore defia fans craindre que les Dieux
Augmentêt leur courroux fur elle dans ces lieux,
Car l'adorât il croit de ne pas faire un crime,
Mais de montrer par là combien il les eftime,
Admirant le portrait de leurs divins appas,
Que par un grand malheur elle ne connoift pas.
Oüy, connoiffez en vous ces aimables charites,
Vos charmes fi puiffans, vos graces, vos merites,
Et tous ces traits parfaits d'une divinité,
Sans qui tout ne feroit que pure vanité.
Oüy, fçachez pour certain que vous eftes l'image
De celle à qui je viens de rendre mon hommage,
Cette aimable Deeffe à qui tout l'Vnivers
Reffentant fon amour rend des refpects divers.
Puis que vous eftes donc ainfi ma fouveraine,
Montrez vous digne enfin de ce beau nom de
　　Reine,
Exerçant envers nous cette vertu des Roys,
Et ne m'obligez point à faire agir les Loys;
Ceffez d'eftre inhumaine exerçant la clemence,
Et ne prononcez pas vous mefme la fentence
Qui nous doit tous les deux faire fouffrir la mort,
Quoy que vous feule enfin ayez feulement tort.
Car j'attefte nos Dieux que cette lourde chaine
Me donne plus qu'à vous de tourment & de peine,
Et puniffant fur moy voftre maudite erreur,
J'execute à regret l'Edit de l'Empereur.
Ne méprifez donc pas l'éclat d'une couronne
Dont je puis honorer voftre aimable perfonne;
Soyez Reine en effet puis qu'il ne tient qu'à vous,
Et reverez nos Dieux m'acceptant pour époux,
Afin de partager avec moy l'avantage
Des titres glorieux que me donne ma charge.
Quittez donc ce Iefus, ce pauvre malheureux,

Qui mourut par l'Arrest d'un Romain genereux,
Ainsi qu'un seducteur jaloux du Diadême,
Se disant fils d'un Dieu tout puissant & suprême.

REINE.

Cruel blasphemateur, j'interromps ton discours,
N'en pouvans plus souffrir le detestable cours;
Sçache amant insensé que je suis trop contente
De montrer que je suis sa tres humble servante,
En souffrant mille morts pour deffendre sa Loy
En dépit du Tyran, de ses Dieux, & de toy.

OLIBRE à part.

Ah! que cette réponse est facheuse & cruelle,
Puis qu'elle me contraint à perdre cette belle.

REINE.

Pour te montrer pourtant quelque compassion,
Et te recompenser de ton affection,
Ie veux bien t'avertir qu'il est l'Estre des Estres,
Et souverain Seigneur des Empereurs tes Mai-
stres,
Et que tous les faux Dieux ne sont que fictions,
Et des malins esprits pures inventions.
Quitte donc promptement ces Dieux imaginaires
Implorant du vray Dieu les bontez ordinaires,
Employe ton pouvoir pour maintenir sa Loy,
Pour vivre heureusement dans le Ciel avec moy,
Et puis je t'aimeray du profond de mon ame.

OLIBRE.

Iustes Dieux c'est en vain que je montre ma fla-
me;
Il faut l'intimider par l'horreur des tourmens,
Et l'extreme rigueur des plus durs chastimens.

SCENE III.

CLEMENT, ASTHERE, PAULIAS, PROTINE, REINE, OLIBRE.

PAVLIAS.

G Race , grace , Seigneur.
                    CLEMENT.
                    Seigneur , Seigneur , justice.
              PROTINE.
Ce n'est qu'une innocente.
              ASTHERE.
                        Ah. voyez sa malice.
              PAVLIAS.
Voyez ces jeunes ans.
              CLEMENT.
                    Vous sçavez son forfait.
              PROTINE.
Non , elle ne sçait pas encor ce qu'elle fait.
              CLEMENT.
Elle m'a fait affront j'en demande vengeance.
              PAVLIAS.
Seigneur , j'ose implorer vostre grande cle-
    mence,
              CLEMENT.
Enfin ie suis son pere.
              PAVLIAS.
                    Et moy son triste époux.

ASTHERE.
Elle est digne de mort.
PROTINE.
D'un traitement plus doux.
OLIBRE.
Ie sçay son procedé, ie vous feray Iustice.
CLEMENT.
Punissez-la Seigneur.
PROTINE.
Non, soyez luy propice.
ASTHERE.
Seigneur, n'oubliez pas l'interest de nos Dieux,
PAVLIAS.
Ah ! ne destruisez pas leur image en ces lieux,
OLIBRE.
Escoutez moy de grace,
PROTINE.
Ah ! qu'elle violence.
THEOPHILE.
Paix là, paix là, paix-là, qu'on se taise, silen-
ce,
OLIBRE.
Reine, il ne tient qu'à toy de te choisir un sort,
De te donner la vie ou te donner la mort,
Et quoy qu'en verité tu sois tres criminelle,
En qualité d'impie, & de fille rebelle,
Toutefois en faveur de tes nobles parents,
Et de tes doux apas, & de tes jeunes ans,
pour monstrer en un mot que ie t'ayme & t'e-
stime,
Fais reparation seulement de ton crime,
Sacrifiant aux Dieux, & laissant ton Iesus.
REINE.
Ie te l'ay dé-ja dit, Tyran, n'en parlons plus,

Ie suis preste à donner tout mon sang pour sa
  gloire,
Pour trouver dans ma perte une heureuse victoire.

OLIBRE.

Faut-il que la douceur d'une telle beauté,
Puisse cacher un cœur si plein de cruauté.

CLEMENT.

Prononcez son Arrest.

PROTINE.

                    Ah ! Seigneur, patience,
Ne precipitez pas une telle sentence.

ASTHERE.

Vengez, vengez nos Dieux,

PAVLIAS.

                    Ne les irritez pas
En perdant le miroir de leurs divins apas.

PROTINE.

Ayez pitié de moy, Seigneur, ie suis ta tante,
Elle n'a pas quinze ans, ce n'est qu'une inno-
  cente,   [enfant,
Reine, mon cher amour, mon cœur, ma chere
Faites ce que vous dit, ce Prefet triomphant,
Ou demandez du temps pour vous laisser in-
  struire,
Et ne vous souffrez pas si sottement destruire.

REINE.

Ma tante, encore un coup puisqu'il me faut mourir,
Plustost que de pecher ie consens à perir.

OLIBRE.

Vous voyez maintenant comme elle veut sa
  perte,
Et refuse sa grace, & ma clemence offerte.

P A V L I A S *bas.*

Ah ! Madame, feignant de vaincre voftre cœur,
Faites ce que vous dit, ce glorieux vainqueur,
Et vous reffouvenez de mes humbles prieres,
Et ne vous caufez pas cét excez de miferes.

R E I N E *bas.*

Cher objet de mes vœux & de tout mon foucy,
Reffouvenez-vous bien de ma refponce auffi,
Et ne refufez pas une gloire eternelle.

C L E M E N T *écoutant.*

Quoy ne fuffit-il pas que tu fois criminelle,
Sans vouloir pervertir ceux que tu feins d'aymer.

O L I B R E.

Ah ! Reine de nos cœurs toy qui fçais tout char-
　mer,
Ne vaincras tu jamais cette rigueur extreme,
Qui malheureufement triomphe de toy mefme,
Faut-il qu'en t'ordonnant toy mefme le trefpas,
Tu nous oblige auffi de plorer tes apas,
Et nous faffe endurer une mort violente,
Et que ta cruauté plus que... y nous tourmente.
Penfe tu que ces foüets & ces peignes de fer,
Ces chevalets, ces croix & ces gehennes d'enfer,
Ces tenailles, ces eaux, ces feux infuportables,
Ne nous rendent cent fois plus que toy mifera-
　bles.
Ah ! Reine, faits toy grace, & ne te choifis pas,
Pour toy, pour tes parents, & pour nous ce tref-
　pas :
Car noftre Edit ordonne un fi cruel fuplice,
A quiconque ne veut venir au Sacrifice.

R E I N E.

La Loy du Dieu vivant ordône à tous pefcheurs,
Incomparablement de plus vives douleurs,

Ces tourmens cefferont en finiffant ma vie,
Mais ceux que l'on deftine à ta maudite envie,
Seront infiniment plus cruels que les tiens.
I'entens ceux que tu fais endurer aux Chreftiens,
Qui fouffrant pour Iesus une mort douloureufe,
Vivront à tout jamais d'une façon heureufe,
Au lieu que ces tourmens dedans l'Eternité,
Puniront ton efprit de ton impieté,
Ton ame inceffamment foûfrant dans cét outrage
Vn excez rigoureux de fureur & de rage,
Se moura du regret de ne pouvoir mourir,
Et que nul ne pourra jamais te fecourir,
Cependant que tu peux eviter ce fupplice,
Fais toy grace à toy mefme en te faifant juftice,
Changeant en un faint zelle une injufte fureur,
Reconnoiffant Iesus pour ton divin fauveur.

OLIBRE.

Elle eft enforcelée & captive du Diable.

CLEMENT.

Puniffez-là , Saigneur , de ce crime effroyable.

PROTINE.

Ah Seigneur ! attendez peut-eftre que le temps,
Nous la fera plus fage & nous rendra contens.

OLIBRE   *à part.*

Amour, cruel amour, dans cette violence,
Pourras-tu prononcer une telle fentence,

ASTHERE.

Il faut faire une fin en exerçant nos Loix.

OLIBRE.

Helas ! que ie me trouve en d'étranges abois,
Reine adore nos Dieux.

REINE.

Adore un Dieu fupreme.

OLIBRE.

Donne leur de l'encens.

REINE.

Ne fais plus de blaspheme.

OLIBRE.

Obeys à ton pere.

REINE.

Obeys au vray Dieu.

OLIBRE.

Crois que ie suis icy.

REINE.

Crois qu'il est en tout lieu.

OLIBRE,

Redoutes mes bourreaux.

REINE.

Apprehende ses Anges.

OLIBRE.

Helas ! que ie me vois dans des transports étranges ,
Quitte là ce Iesus.

REINE.

Quitte-là tes faux Dieux.

OLIBRE.

Laisse-là ton erreur.

REINE.

Fuits ce culte odieux.

OLIBRE.

Ne te perds pas ainsi.

REINE.

Fuys la mort eternelle.

OLIBRE.

Ah ! Reine, c'est par trop te rendre criminelle.
Il est temps de ceder ou de faire le choix ,
Des rigoureux tourmens ordonnez par nos loix ,

Ne me pouvant refoudre à tant de violence,
   (*il luy prefent l'Edit à lire qu'elle luy refufe.*) I
Prononce maintenant toy mefme ta fentence.
R E I N E.
Si tu me crois coupable, & que j'aye aucune tort,
Faits ta charge Prefet, & me donne la mort,
Car pour moy loins de croire auoir commis un
   crimé,
Ie fçay n'auoir rien fait qui ne foit plein d'eftime,
I'ay mefprifé tes Dieux, & tranfgreffé tes Loix,
Pour ce Dieu, que les Iuifs ont fait mourir en croix,
Et fi ce n'eft affez pour ce Dieu que j'adore,
I'abhore tes demons & les detefte encore.
O L I B R E.
Il faut executer l'Edit de l'Empereur.
R E I N E.
Il me faut obeïr à Dieu fon Createur.
O L I B R E.
Tu luy doits comm· moy pourtant obeïffance.
R E I N E.
Il la doit comme nous à fa toute puiffance.
O L I B R E.
Il honnore les Dieux
R E I N E.
                    Il commet un erreur.
On n'en doit aymer qu'un.
O L I B R E.
                    Ah ! ie meurs de fureur.
Et pourtant mon amour m'empefche de refoudre
A dicter cét Arreft plus cruel que la foudre,
Helas ! mon pauvre cœur en eft tout interdit,
Ie ne puis prononcer qu'on obferve l'Edit.
Qu'on luy donne cent coups de foüets ou bien
   de verges.

REINE.

Ah! mon divin Iesus, & vous Reine des Vierges,
Ne m'abandonnez pas.

OLIBRE.

       Et si cette rigueur
Ne la peut adoucir, & nous changer son cœur,
Ses ongles soient tirez avecque des tenailles,
Et des peignes de fer persáts jusqu'aux entrailles,
Son corps soit déchire.

PAVLIAS.

      I'en appelle à Cesar.

OLIBRE.

Pour le voir en ce iour il est un peu bien tard.

PAVLIAS.

Ie m'oppose vous dis ie à cette violence,
Et ie suis appellant d'une telle sentence,
Elle n'a pas quinze ans, & ie suis son Espoux,
Qui puis avec le temps rendre son cœur plus
   doux.

OLIBRE.

L'acte de son refus n'est pas un mariage.

PAVLIAS.

Mon contract en est un'assez bon témoignage.

OLIBRE.

Elle na pas signé cet authentique écrit.

CLEMENT *bas.*

Ah! ny prenez pas garde, il a perdu l'esprit.

OLIBRE.

Seigneurs, c'est à regret que mon amour extreme,
Ordonne ce tourment que ie souffre moy mesme,
Voulant que l'on chastie un objet si charmant.

PAVLIAS *tirant l'espée.*

Ah! le tigre amoureux, ah! le cruel Amant,
Auant que tu luy fasse un si sensible outrage,

Tu pourras esprouver ma fureur & ma rage.
OLIBRE.
A moy gardes, à moy, desarmez ce Seigneur.
PAVLIAS
Tygre, cruel tyran, monstre qui fays horreur.
OLIBRE.
Qu'on le metre en Arrest.
(les Gardes l'enmenent.)
PROTINE.

De grace cher Olibre.
CLEMENT.
Nous vous en répondons, permettez qu'il soit
libre.
OLIBRE.
Ie vous le rends apres cette execution,
Mais allons commencer la persecution.
PROTINE.
Quoy vous voulez aller dans la place publique,
Afin d'executer cét Arrest tyrannique,
Parlez vous tout de bon, où pour l'itimider.
OLIBRE.
Elle le peut encor maintenant decider.
Car mon Arrest n'est point une vaine menace,
Et pour aucun Chrestien, il n'y a point de gra-
ce,
A moins que de quitter cette maudite erreur,
Et d'adorer nos Dieux comme entent l'Empe-
reur,
PROTINE.
Olibre au nom des Dieux tous remplis de cle-
mence,
Donnez nous le loisir d'instruire son enfance.
OLIBRE.
Elle a de l'aage assez & trop de jugement,

Pour

Pour sçavoir quelle doit nous répondre autre-
ment
Et pour cette raison devant qu'il soit une heure,
Elle sera Payenne, ou bien faut qu'elle meure.
REINE.
Ma perte est asseurée, allons n'en parlons plus,
Ie mouray de plaisir mourant pour mon IESUS.
PROTINE.
Ah ! Reine, quel courage, helas ! rend moy con-
tente,
Evite ce trespas.
REINE.
A dieu ma chere tante
Sachez que cette mort n'est rien en verité,
Que le commencement de ma felicité.

SCENE IV.

Alichriste & Algeryde entrent.

ALGERIDE.

PRions que le bon Dieu luy vueille estre pro-
pice.
ALICHRYSTE.
Ou la conduisez vous.
REINE.
Ie m'en vais au supplice.
ALGERYDE.
Au suplice mon Dieu.
ALICHRYSTE.
Reine ma chere enfant,

F

Voila de beaux exploits pour un grand triomphant,

ALGERYDE.

Tyrans, fais nous aussi ressentir ta furie
Et commande aux boureaux qu'on nous oste la
vie.

ALICHRYSTE.

Avorton de l'Enfer.

OLIBRE.

Suivez la seulement,
Si vous voulez avoir un pareil traitement.

ALGERYDE.

Oüy nous voulons souffrir & mourir avec Reine.

ALICHRYSTE.

Et pour la soulager nous porterons sa chaisne.

Fin du quatriéme Acte.

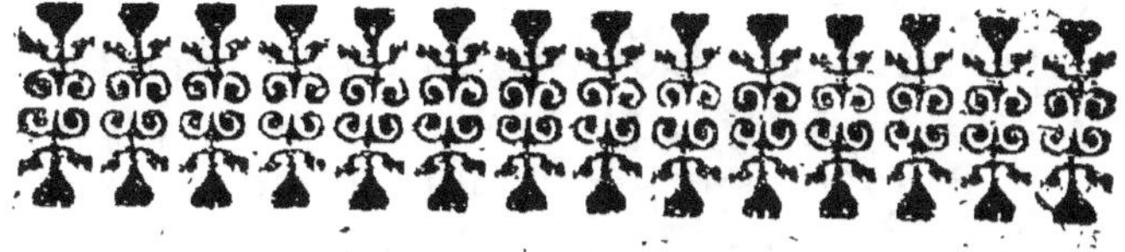

ACTE V.

SCENE I.

THEOPHYLE *seul.*

AH ! Dieu qui connoissez le regret qui m'op-
 presse,
Et voyez dans mon cœur un excez de tristesse,
Oüy vous qui penetrant jusqu'au fond de mon
 cœur ?
Connoissez seul l'excez de ma juste douleur,
Excusez mes soupirs, mes larmes, & ma plainte,
Dans les fascheux ennuis dont mon ame est at-
 teinte.   [quoy,
Permettez moy, Seigneur, de demander pour-
Vous voulez esprouver un cœur si plein de foy,
D'une façon helas ! si dure & si cruelle,
Ne sçavez vous pas bien son amour & son zelle,
Oüy mon Dieu vous sçavez que son cœur in-
 nocent,
Est ravy de souffrir pour vous ce qu'il ressent.
Comment se pourroit-il que le vostre si tendre,
La voye ainsi meurtrir sans la vouloir deffendre,
N'avez vous pas oüy ce discours genereux,

Qu'au plus fort de ses maux d'un accend amou-
reux.   [ces,
Elle a fait pour répondre aux simples remôstran-
Des filles du pays, qui voyant ses souffrances,
Luy reprochoient pour vous sa grande loyauté,
Perdant à vostre égard une telle beauté
Leur disant encore bien que vous me distes belle,
Vous ne m'obligez point m'estimant infidelle,
Vostre compassion n'a point de charité
De blasmer le sujet de ma felicité,
Ne me plaignez donc plus dedans cette souffran-
     ce,
Et cessez desperer desbranler ma constance.
La dessus les bourreaux augmentant leur cour-
     roux
Redoublent sur son corps une gresle de coups;
Vous le sçavez grand Dieu, chacun fondoit en
     larmes,
En voyant déchirer cruellement ses charmes?
Quoy le cœur endurcy d'un Tyran furieux,
Sera remply d'horreur dedans ces triste lieux?
Ouy, ce cruel Tyran se monstrera sensible,
Et ne pouuant plus voir ce traittement horrible,
Se couvrira la veuë ainsi que ses bourreaux,
De peur de voir son sang qui coûle par ruisseaux.
Et vous, Seigneur, & vous, vous seriez sans
     vengeance,
Et laisseriez encore outrager l'innocence,
Non, non, Seigneur, mon Dieu, vous en aurez
     pitié,
Et luy témoignerez en peu vostre amitié,
En l'ostant du pouvoir de ses fiers adversaires,
M'en fournissant bien-tost les moyens necessai-
     res,

Mais peut-estre defia que fes vives douleurs,
L'auront fauvée hélas ! de toutes leurs rigueurs,
Et quelle aura payé le tribut à nature,
Oüy fans doute, elle eft morte en fa prifon ob-
scure.
Mais qu'eft-ce que je voy briller en fa prifon?
Ah ! ie l'entens encor qui fait fon Oraifon.
(*Theophile regarde par une grille.*)
Efcoutons fans troubler le cours de fa priere,
Et voyons du bon Dieu la charmante lumiere.

SCENE II.

R E I N E   *dans fa prifon.*

S T A N C E S. ou Motet.

SEigneur, mon Dieu, mon Createur,
Vos merveilles font par trop grandes,
Il n'eft point fous le Ciel d'offrandes,
Qui foyent dignes de vous fi ce n'eft mon Sau-
veur,
Puis qu'il veut donc m'eftre propice,
Et qu'il poffede enfin mon efprit & mon cœur,
Recevez de ma part cét aymable vainqueur,
Apaifant vos fureurs par ce doux Sacrifice.

Ꝼ

On ne fçauroit en aucuns lieux,
Affes bien chanter fes loüanges,
Vous feul fçavez mieux que les Anges,
Le merite infiny de fon fang precieux,
Puifque mon fang eft peü de chofe,
Et que le fien fuffit pour nous gagner les Cieux,

Prenez, Seigneur, prenez ce vainqueur glorieux,
Pour qui vous me voyez tout ainſi qu'une Roſe,

Comme un Lys au milieu des champs,
Ie ſuis née entre les eſpines,
Mais monſtrant vos bontés Divines,
Vous me gardez Seigneur, de la main des meſ-
    chants,
De mon ſang il m'ont fait vermeille,
Et pour cueillir ma fleur ie les vois aprochants
Mais en changeant ma pourpre en l'éclat des Lys
    blancs,
Il ſeront tous confus voyant cette merveilles.

THEOPHYLE.

Quelle merveille, helas ! viens je de découvrir,
    (*Quel prodige étonnant.*)
Pour m'en éclaircir mieux je m'en vais donc ou-
vrir.

REINE.

Ah ! mon cher Theophyle, ah ! que ie ſuis ravie.

THEOPHILE.

Helas ! ma chere enfant : je vous vois donc en
vie.
Mais quel miracle, helas ! quoy vous vous portez bien.

REINE.

De mes cruel tourmens ie ne reſſens plus rien,
Et pour vous reciter ce merveilleux miſtere,
Vous ſçaurez que plorant mon extreme miſere,
Ie me croyois quaſi dedans le deſeſpoir,
Lors que dans un tranſport qu'on ne peut con-
    cevoir.   [re,
J'ay connu qu'une Croix touchoit du Ciel en ter-

Et qu'un bruit aussi fort qu'un grand coup de ton-
  nerre,
Faisoit trembler ma tour jusqu'à ses fondemens,
Et durant ces transports & ces ravissemens,
Je vois les Cieux ouverts, & tous pleins de lu-
  mière.

THEOPHILE.

Helas! ma riche enfant, & Sainte prisonniere.

REINE.

Et du plus haut du Ciel? oüy, du Thrône de
  Dieu,
Il descend un Soleil qui remplit tout ce lieu:
A l'instant je me sens parfaitement guerie,
Mais ce n'est pas encor ce qui plus ma ravie,
C'est qu'au sommet enfin de cette grande Croix
Je vois un pigeon blanc & j'entens une voix
Si douce & si charmante; en un mot si divine,
Qu'à l'entendre mon cher aussi-tost je devine,
Que c'estoit celle enfin de mon Divin époux,
Qui venoit m'advertir d'un destin plus que doux.
A sçavoir du bon-heur d'une prompte victoire,
Qui me doit tost combler d'une eternelle gloi-
  re,
Et m'assurer aussi de la conversion,
De plusieurs qui prendront nostre Religion.
Et ce qui doit encore renouveller vos flames,
Du bon-heur infiny du salut de vos ames.
Saluëz de ma part ma Nourrisse & ma Sœur,
Et leur faites sçavoir nostre commun bon-
  heur.

THEOPHYLE.

Quoy nos noms sont écris dans le Livre de
  vie?

REINE.

Oüy, voila le suiet qui m'a si fort ravie.

THEOPHYLE.

Helas ie ne sçaurois vous dire aussi comment
Mon cœur subsiste encor dans ce ravissement;
C'est bien un pur effet de sa bonté divine,
Que le comble infiny des biens qu'il nous destine,
Et dedans nos tourmés que nous serons heureux,
De luy donner si peu pour aquerir les Cieux:
Rendons graces à Dieu d'un tel excez de ioye,
Et prenez de bon cœur ce pain qu'il vous envoye;
Mangez le promptement, car ie vous dis adieu,
A cause du Tyran qui s'en vient en ce lieu.

(Il la renferme.)

SCENE III.

OLIBRE *seul*.

HElas que mon esprit ressent de violence,
Et que mon cœur languit dedans cette
  souffrance;
Que ie me hais enfin dans l'estat où ie suis,
Et que ie suis comblé de regrets & d'ennuys:
Que ie suis mal heureux d'aimer tant cette belle,
Et d'avoir eû pour elle une ame si cruelle.
Que de la condamner à souffrir des tourmens,
Qui m'ont remply d'horreur dans de si durs mo-
  mens.
L'amour peut il causer un si cruel desastre?
I'ay veu sa nudité plus blanche que l'albastre,

Dessus

Deſſus un chevalet auſſi-toſt toute en ſang
Et ie l'ay veuë ainſi pour maintenir mon rang,
Oüy cette nudité la plus belle du monde,
En ſources de ſon ſang en meſme temps abonde,
Par la greſle des coups de mes cruels boureaux,
Qui font de ce beau ſang mille & mille ruiſſeaux,
Et ſans eſtre touché d'un acte ſi barbare,
Oüy ie fais deſchirer une beauté ſi rare,
Et carder tout ce corps de neige & de lys blancs,
Iuſques à voir helas, au milieu de ſes flancs.
Ah ! qu'elle horreur grands Dieux de la voir de la
    ſorte ;
Quand i'y reſonge encor la fureur me tranſporte,
Et me fait deteſter l'exceſſive rigueur,
Que j'ay fait exercer deſſus mon pauure cœur,
Ah ! doux & cher objet d'un amour en furie,
Oüy d'un amour cruel & plein de tyranie.
Reine mon pauure cœur, as-tu perdu le jour,
En ſouffrant les rigueurs de ce perfide amour ?
Helas ſe pourroit-il, que l'excez de tes peines,
Et ce torrant de ſang écoulé de tes veines,
Te permiſſent de vivre, Ah ! Dieux que j'ay
    grand tort,
De t'avoir cher objet ainſi fait mettre à mort.
Mon amour le devoit emporter ſur mon zelle,
Te traitant comme amante & non comme rebelle,
Mais helas ! c'en eſt fait, Riene, tu ne vis plus,
Tous mes regrets ſont vains & mes crys ſuper-
    flus,
Ie te veux pourtant voir, Geolier, ouvre la porte,
Que ie la baiſe au moins agonizante ou morte,
Mais grands Dieux quel miracle, eſt-ce un ſon-
    ge, eſt-il vray.
Eſt-ce la ce beau corps que j'ay veu ſi navré.

G

SCENE IV.

REINE.

Oüy, Tyran, oüy voicy l'objet de ta manie,
OLIBRE.
Il faut bien que ce soit un effet de magie,
Ou que les Dieux voyant ma grande affection,
L'ayent restituée en sa perfection,
Pour me recompenser de l'ardeur de mon zelle ?
Mais comment aborder cette beauté cruelle.
De quel air luy parler afin de l'adoucir,
Et faire que mon feu puisse mieux reussir ?
Enfin graces au Dieux ie vous revois en vie,
Non, pour éprouver plus l'excez de ma furie,
Qui ma fait endurer mille & mille trespas,
En voyant maltraitter un corps si plein d'apas.
Ie vous demande enfin pardon de cét outrage
Que ma fait exercer mon amoureuse rage,
Et le zelle que j'ay pour l'honneur de nos Dieux,
Qui voyant mes regrets vous conserve en ces
    lieux :
Faisant en ma faveur voir un coup admirable,
Pour vous gagner le cœur d'une façon aymable,
Oüy ces Dieux tres benins ont exaucé ma voix
Lors que ie vous croyois estre aux derniers a-
    bois,
Craignant que vostre mort ne m'arrachast la vie,
Ils vous ont fait un bien dont mon ame est ravie,
En faisant un miracle afin de vous guerir.

Et de vous obliger mefme à me fecourir,
I'eftois au defefpoir vous croyant des-ja morte
Mais las , je fuis ravy de vous voir d'autre forte,
Imittez donc les Dieux qui vous ont pardonné,
Me pardonnant les maux qu'ils vous ont ordon-
　né ,
Et que comme Prefet , obfervant leur fentence,
Ie vous ay fait fouffrir me faifant violence.
Ne me voyez donc plus comme un perfecuteur :
Mais comme voftre efclave & voftre adorateur.
Oüy , comme un humble Amant qui vous revere
　encore ,
Et comme un ferviteur enfin qui vous adore,
Et vous prie à genoux d'agréer en ce jour ,
De l'avoir pour époux aux yeux de cette Cour.
　　　　R E I N E.
Olibre , j'ay pitié de voir dedans ton ame,
Vn fi cruel amour , une fi froide flamme ,
L'eftrange paffion qui domine ton cœur,
Et dont tu ne fçaurois jamais eftre vainqueur,
En verité me rend aucunement fenfible,
Aux funeftes rigueurs , d'un amour fi terrible.
I'ay pitié de te voir le martyr d'un amour,
Qui te feroit bien plus perdre encor que le jour,
Ton malheur en un mot me femblant effroyable,
Me fait compaffion , & me rend pitoyable,
Et mettant en oubly les maux que i'ay foufferts.
Ie te vais retirer fi tu veux des enfers.
Crois moy donc pauvre Olibre , oublie ces chi-
　meres ,
Ces fauffes deïtés , ces Dieux imaginaires,
Ofte de ton efprit toutes ces fictions,
Et moderant enfin toutes tes paffions. [Olibre,
Changes-les en vertus , oüy , crois moy pauvre

Ne sois point mon esclaue enfin demeure libre,
Car bien loins de t'avoir pour mon adorateur,
Non plus que pour Amant, & pour mon servi-
    teur,   [frere,
Pour époux en un mot, ie te prendray pour
Si tu veux reconnoistre un seul Dieu pour ton
    Pere.
Regarde quel honneur tu refuse en ce lieu,
Si tu ne veux pas estre un enfant de mon Dieu,
Pourrois-tu mépriser un eternel Empire :
Dont la felicité ne se sçauroit pas dire,
Pour estre à tout jamais esclave malheureux,
De ces malins esprits qui passent pour tes Dieux ?
                O L I B R E.
Ah ! Reine, ayez pitié d'un Amant miserable.
                R E I N E.
Toy mesme aye pitié de ton soit déplorable,
Mais Olibre dis moy d'où vient ce changement,
Tu parlois hier en Maistre, aujourd'huy comme
    Amant,   [belle,
Parois je à tes grands Dieux à present moins re-
Ou pourrois-tu pour eux avoir un moindre zelle,
Ah ! ie vois ce que c'est Olibre n'est Payen,
Que pour gaster mon sexe & l'honneur du Chre-
    stien :
Mais il se trompe fort de pretendre corrompre.
Vn cœur de diamant qu'on ne peut jamais rom-
    pre,
Vn esprit bien Chrestien n'est ny foible ny feint,
Il est, Olibre, il est un veritable Saint,
Vn veritable Saint, est fort & invincible :
Et partant tout Chrestien estant incorruptible,
Olibre perd son temps & se rend malheureux,
A combattre un cœur Saint de Dieu seul amoureux.

Vois donc le juste orgueil de ta fierre Maiſtreſſe
Eſtant une Chreſtienne elle eſt plus que Deeſſe,
Et ne veut pourtant point avoir d'adorateur,
N'y jamais d'autre époux qu'un Dieu ſon Crea-
 teur,
Eſtimant en un mot tous les Rois de la terre,
Comme quelque brillant de cryſtal ou de verre,
Et toy pauvre inſensé comme un tiſon d'enfer,

OLIBRE.

Reine tu periras, j'en jure Iupiter.

REINE.

Iure par tes faux Dieux, & toutes tes idoles,
Et n'attents pas de moy jamais d'autres paroles,

SCENE V.

Paulias, Protine, Clement, Aſthere. entrent.

PAVLIAS.

AH! je n'eſpere pas jamais de la revoir,
Que morte ſeulement.

PROTINE.

J'en ſuis au deſeſpoir.
Mais las quelle merveille.

CLEMENT.

Ah! Dieux quelle magie.

PAVLIAS.

Quoy, Reine de mon cœur, je vous revois en
 vie?

PROTINE.

Quoy vous eſtes guerie?

ASTHERE.

Helas! j'en suis confus.

PAVLIAS.

Vous n'avez aucun mal, certe il n'y paroist plus,

REINE.

Ie me porte fort bien.

PROTINE.

Ce fait est admirable.

CLÉMENT.

Ce prodige est un coup pour certain de son Diable.

PROTINE.

Rendons graces aux Dieux d'une telle faveur.

REINE.

I'en rends graces à Dieu, mon Iesus, mon Sauveur.
Pour qui vous me verrez bien-toft perdre la vie.

PAVLIAS.

Nous ne souffrirons pas qu'elle vous soit ravie.

OLIBRE.

Il faut donc qu'elle adore en peu temps nos
Dieux,
Que l'ingrate méprise encore dans ces lieux.

PROTINE.

Nous demandons cinq ans afin de l'en instruire.

PAVLIAS.

Les Dieux la conservant veulent-ils la destruire,
Non, non, Olibre, non, les Dieux ne veulent
pas,
Qu'on perde le portrait de leurs divins apas.

PROTINE.

Ce n'est pas sans raison que les Dieux la conser-
vent.

PAVLIAS.
Pour un meilleur sujet sans doute ils la reservent,

OLIBRE.
Oüy, pour faire éclatter dautant plus leur cou-
roux,
Envers ce cœur ingrat s'estant fait voir trop
doux.
Seigneurs, qu'opinez vous du fait de cette belle,

CLEMENT.
Ie conclus à la mort estant aux Dieux rebelle.

PAVLIAS.
Ie conclus au delay.

OLIBRE.
   Vos n'avez point de voix.

PAVLIAS.
Ie ne permettray pas qu'on la mette aux abois,
Et qu'elle meure enfin.

OLIBRE.
   Ah! point de violence.

PAVLIAS.
C'est ce que ie souhaitte, & point d'autre Sentence.

OLIBRE.
Et vous Asthere? & vous, qu'elles conclusions.

ASTHERE.
Qu'afin de la punir de ses illusions,
Et de son sortilege, on luy tranche la teste,
Ou qu'elle croye aux Dieux dont nous faisons la
feste.

PROTINE.
Ah! cruel quas-tu dit.

OLIBRE.
   Moy ie conclus & veux,
Que prealablement elle éprouve les feux,

Des torches ou flambeaux, puis apres qu'on la
  jette
Dans une cuve d'eau.
PAVLIAS.
                    Crois-tu que ie permette,
Qu'on recommence encore à la faire souffrir,
OLIBRE.
Et si ces maux sont vains qu'on la fasse mourir.
PAVLIAS.
Avant que cela soit, il faut que ie perisse.
OLIBRE.
A moy gardes, à moy, viste, qu'on le saisisse.
BAVLIAS.
N'ose-tu faire un coup d'épée avecque moy,
Lasche, fol, enragé, transgresseur de la Loy,
Nourisson d'une louve ou de quelque tygresse.
PROTINE.
Mon frere, mon mary, ie pasme de tristesse,
Ayez pitié de moy, vueillez la secourir :
Car luy donnant la mort vous me faites mourir.
PAVLIAS.
Ah! Seigneurs, revoquez cét Arrest trop inique,
Et ne concluez pas un Acte si tragique.
OLIBRE.
Hé bien qu'en dite vous, donnez encore vos
  voix,
CLEMENT.
Que l'Edit soit suivy pour la seconde fois.
ALTHERE.
Et pour faire une fin qu'on luy coupe la teste.
PAVLIAS.
Soyez vous foudroyez tous trois de la tempe-
  ste,
Avec vos trop cruels, & tres lasches Romains.

PROTINE.

Ah ! juge trop fevere , ah ! parens inhumains ;

ASTHERE.

Craignez qu'on ne vous prenne auffi comme
complice.

PROTINE.

J'en fuis contente , Hélas ! qu'on me meine au
fuplice,
Sois toy mefme cruel, mõ juge & mon bourreau,
Et fais mettre nos corps dans un mefme tombeau,
Et toy pere en ragé que ie renie pour frere,
Fais moy fentir auffi l'effet de ta cholere.

PAVLIAS.

Et toy cruel rival fais moy voir ta rigueur,
Car ie ne fçaurois vivre fans ame & fans cœur,

OLIBRE.

N'écoutons plus leurs cris, viftes qu'on la con-
duife.

THEOPHYLE.

Tyran il n'eft plus temps que j'ufe de feintife,
Ie fuis auffi Chreftien & la voulois fauver,

OLIBRE.

Quoy donc pour me trahir tu m'eft venu trouver,
Retire toy pendar.

THEOPHYLE.

Tyran fais moy juftice,
En me faifant mourir avecque fa nourriffe,
Ma femme que voila qui vient avec fa fœur,
Nous voulons partager tous trois à fon bon-
heur. **CLEMENT.**
Ah c'eft toy malheureux qui l'as faite Chreftien-
ne ,
Et qui caufe en un mot ma trifteffe & fa peine.

THEOPHYLE.

Tu dis vray mal-nommé, pere trop inclement,
C'est moy qui suis ravy de causer ton tourment,
Fais moy recompencer pour un si bon office,
Du plus cruel tourment, & plus rude supplice.

ALICHRISTE.

Ou vas-tu mon enfant.

REINE.

Ie m'en vais à la mort,
Ou pluftost triompher des Demons & du fort.

ALGERYDE.

Ie ne te quitte point, il faut que ie te fuive.

ALICHRISTE.

Ie veux t'accompagner quelque fort qui t'arrive.

ALGERYDE.

Ma sœur embrasse moy.

ALICHRYSTE.

Baisse moy mon enfant.

REINE.

Vive, vive Iesus, mon Espoux triomphant.

THEOPHYLE.

Maudits soient les faux Dieux, & tous les Ido-
lastres.

REINE.

Il faut prier pour ceux qui causent nos desastres.
A dieu mon pere, adieu, je vais prier pour vous.

CLEMENT.

Ie ne te connois plus cause de mon couroux.

SCENE VI.

CLEMENT *seul.*

ET de mon des-honneur; mais Dieux qu'elle
    torture,
Ie ressens dans mon cœur en cette conjoncture,
Le zelle de nos Dieux & l'amour paternel,
Le deschirent ainsi qu'un pauvre criminel,
Et luy font endurer un si cruel Martyre,
Qu'il ne m'est pas permis seulement de le dire,
Ce qui le gehenne encor, c'est qu'il le faut celer
Mais l'as que j'ay de peine à le dissimuler,
Puisque ie reste seul, ie ne dois plus rien crain-
    dre,
Et puis en liberté dedans ces Lieux me plaindre,
Mais de qui me plaindray-ie, à quel sujet, pour-
    quoy,
Me plaindray-je du sort, ou de Reine, ou de moy?
A qui pourray-je donc attribuer la cause,
Des estranges rigueurs que ce malheur m'impose,
Mais à qui reciter le sujet de mes pleurs,
Et que pourray-je dire en ces justes fureurs,
Addressons au destin mes regrets & mes plaintes?
Oüy, plaignons nous au sort de ses dures attein-
    tes?
C'est luy qui cause tout ce qui se passe icy,
Et qui cause partant ma peine & mon soucy,
Fiers arbitres de tous les differens des parques,
Qui faites des Bergers, quelquesfois des Mo-
    narques;

Et qui changez des Roys, quelques fois en Ber-
gers,
Les contraignant de fuyr aux pays estrangers,
Faisant quand il vous plaist d'estranges Cata-
strophes,
Pour troubler les esprits des plus grands Philo-
sophes,
Vous qui faites le flux, & reflux de la Mer ?
Pourquoy me donnez vous le sort le plus amer,
Qui se puisse trouver entre les miserables,
Et qui me fait souffrir des peines incroyables,
Est-ce qu'avant le iour de ma nativité,
Mes peres, mes ayeuls, vous avoient irrité.
Ou que ne faisant pas vos volontés moy mesme,
Ie me suis affiné cette rigueur extreme,
Suis je capable helas! de violler vos Loix,
Ou bien ne puisse je pas faire ce que ie dois,
Si j'ay la liberté de commettre une offence,
Ou manque à mon devoir en manquant de puis-
sance,
Ou si ie suis contraints par un pouvoir d'enhaut ?
Pourquoy m'en imputer à moy seul le deffaut,
C'est vous destins, c'est vous qui nous faites tout
faire,
Ce qui vous peut agréer, ou qui vous peut dé-
plaire,
Que ne me faisiez vous naistre dans un estat,
Ou ie n'eusse peu faire aucun lâche attentat ?
Pourquoy vous fachez vous de nostre obeïssan-
ce;
Quand nous executons l'effet d'une Sentence,
Qu'un absolu pouvoir impose à nos esprits ?
Pour moy j'en suis confus, oüy, j'en suis fort
surpris,

Et dans mon jugement je ne sçaurois compren-
  dre
Que tu faffe un effet, & le puiffe deffendre.
Car c'eft toy qui fait tout ce que je fais icy,
Et tout ce que je dis te contant mon foucy.
Mais ie revoys Afthere. Hé bien quelles nou-
  velles ?
S'eft-elle convertie ?

SCENE VII.

ASTHERE, CLEMENT.

ASTHERE.

AH qu'elles font cruelles.

CLEMENT.

A-t'on fait quelque bruit, Reine eft-elle aux
  abois ?

ASTHERE.

I'en fuis au defefpoir, & je manque de voix,

CLEMENT.

Eftes vous homme, Afthere ?

ASTHERE.

                    Ah ie perds le courage !
Et je me meurs enfin de regret & de rage.

CLEMENT.

Appaiséz vos transports reprenants vos esprits.

ASTHERE.

Helas, mon frere, helas, que vous serez surpris.

CLEMENL.

Point du tout, car ie sçay que sa mort est certaine.

ASTHERE,

Helas ce n'est pas tout que le trepas de Reine.

CLEMENT.

Est-elle morte?

ASTHERE,

Oüy, mais un autre mal her,

CLEMENT.

Mon cœur ressent pourtant un excez de douleur,
Et tout d'un coup surpris d'une mortelle angoisse,
Semble s'évanoüir souffrant cette tristesse.
Mais pour le soulager laissós le fondre en pleurs,
Et ne retenons plus ses soupirs, ah ie meurs!

ASTHERE *l'empeschant de tomber.*

Vn siege, icy quelqu'un; mon frere est en foi-
blesse.
Courage au nom des Dieux.

CLEMENT.

Ah ie meurs de tristesse.
Afin de les venger de ce crucifié
Ie leur ay de bon cœur mon sang sacrifié,
Ma fille est morte? helas auteurs de la nature,
Souffrez moy déplorer cette triste avanture.
Faites m'en le recit car ie le veux sçavoir,
Pour plus facilement mourir de desespoir.

ASTHERE.

Vous fçaurez donc enfin qu'en la place publique
On commence de faire un acte fi tragique,
L'étendant toute nué à la veuë de tous,
Deffus le chevalet qu'elle eftimoit plus doux
Qu'un beau lit tout ionché de fleurs, ou bien
 qu'un throfne,
Defirant acquerir, dit-elle une couronne.
On brule fes coftez avecque des flambeaux,
Et pour aigrir fon mal par des tourmens nou-
 veaux
On la plonge auffi toft dans l'eau iufqu'à la tefte,
Mais foudain il furvient une horrible tempefte
Qui dure peu de temps, puis on voit tout à coup
Vn prodige étonnant qui nous furprend beau-
 coup.
Vne Colombe blanche avec une couronne,
Par un trait lumineux vient deffus fa perfonne,
Et la met fur fon chef difant à haute voix,
Venez, Reine, venez auprés du Roy des Roys,
Voftre divin Epoux, qui voyant voftre peine,
Vous veut voir maintenant fa veritable Reine,
Vous faifant poffeder le Royaume des Cieux,
Puis que vous i'époufez par ce fang precieux.
Tout le peuple entendant ces charmantes paro-
 les,
Commence à detefter nos Dieux & nos Idoles,
Et veut mourir Chreftien, criant vive Iefus,
Et ce bruit fe redouble & croift de plus en plus.
Ce qu'Olibre voyant, craignant quelque tu-
 multe,   [leur culte,
Pour venger nos grands Dieux, pour affermir

Il la fait promptement conduire à l'échafaut,
Où d'un courage allaigre elle vient d'un plein.
   sault.
Elle nous fait soudain d'une voix éloquente
Vn discours plein de zele & de grace charmante
Nous faisant ses adieux elle attire nos pleurs,
Et pour finir enfin le cours de ses malheurs,
Témoignant son courage & son impatience
D'estre avec son Iesus, d'un air plein de con-
   stance,
Elle preste son col pour recevoir le coup
Qui met sa teste à bas nous étonnant beaucoup;
Car on voit à l'instant y naistre une fontaine,
Qu'el'on nomme aussi-tost la fontaine de Reine,
Les malades y sont gueris de tous leurs maux.
Mais ce n'est pas encor la fin de nos travaux.
Ma femme & Paulias prennent la Foy Chre-
   stienne,
En detestant nos Dieux & nostre Loy Payenne,
Irritant le Prefet pour obtenir la mort.
CLEMENT.
O rigoureux destin ! ô déplorable sort !

SCENE VIII.

ASTHERE, CLEMENT, PAVLIAS, PROTINE.

OLIBRE.

MAis ils viennent icy pour augmenter ma
   peine,
Nous reprochant les maux & le trépas de Reine.

PROTINE.

Tyran, pere cruel, tu n'as donc plus d'enfant?
Son esprit est au Ciel maintenant triomphant.

CLEMENT.

Ah qu'est-ce que j'entens ?

OLIBRE.

            Quel horrible tonnerre
Remplit ces lieux d'éclairs & fait trembler la
   terre.

PAVLIAS.

Quelle lumiere helas paroist dedans le Ciel,
Et quel concert de voix plus douces que le miel?

PROTINE.

Ce sont Anges du Ciel qui chantent sa victoire
Ie la voy dans un char toute pleine de gloire.

PAVLIAS.

Ah c'est ma Reine enfin qui triomphe à vos yeux,
Et s'en va posseder le Royaume des Cieux.

PROTINE.

Ecoutons les accords de ce concert des Anges,
Et le charmant recit de ses justes loüanges.

H

SCENE IX.

LA MVSIQVE.

elle chante [...] âges.

[...]gnons [...] haute voix,
[...] venez [...] du Roy des [...]

[...] touché de vostre peine,
[...] maintenant sa veritable Reine,
[...]eder le Royaume des Cieux,
[...]espouser par ce sang precieux.

[...] Recit dans son char de triomphe.

Or ceux qui voudrez estre heureux
[...] une vie Angelique,
[...] craignez rien de tragique
[...] que vous souffrirez pour aquerir les Cieux
[...]z cette course feconde
[...]raduit un amour divin,
[...] ne [...] pas en-vain,
[...] passerez comme moy de ce monde

[...] repetent le Recit, & enlevent Sainte
[...] dans son char de triomphe, & la
conduisent au Ciel.